地味だからと婚約破棄されたので、我慢するのをやめました。

CHARACTERS
ミシェル・ログフェル
辺境を守護する侯爵家の長女。
『女の子扱い』されることが苦手。
とある理由で、エミリアを溺愛している。
エミリア・アルベール
「地味だから」と婚約破棄をされた令嬢。
両親や元婚約者に愛想をつかし、
自由に生きるために、
親友たちと特訓を始め——？
キャロル・レミントン
おしゃべりと噂話の好きな令嬢。
情報収集が大の得意なエミリアの親友。

アリス・アシュフィールド
隣国リコネイル国の令嬢。
カイオスと新たに婚約を結んだ。
カイオス・エフランテ
エミリアの元婚約者。
彼女の親友を嫌っているが――
レオナルド・ログフェル
ミシェルの兄。生真面目すぎると
妹に言われ続けている。
マリエル
当時社交界をにぎわせた
「毒の花」にして、エミリアの母。

序章

「いい加減うんざりだ」

きらびやかに飾りつけられた侯爵家のホールに、唾棄するような声が響いた。発したのは、私の婚約者カイオス・エフランテ。

侯爵家嫡男である彼の誕生日を祝うためのパーティーがはじまったばかりだというのに、彼の顔にあるのは、侮蔑に染まった冷たく鋭いまなざしだけ。

それはまっすぐに、彼の婚約者であるはずの私に向いている。

頬がひきつり、愛想笑いすらできない私に、カイオスは淡くきらめく金色の髪を揺らしながら、深いため息を落とした。

「華やかさもなければ、色気もない。お前みたいな女をどうして俺の婚約者にしておかなければならない」

そう言われて、奥歯を噛みしめる。

彼の隣に立つのは、ひときわ輝く金色の髪を持ち、大海原を思わせる濃く深い青い瞳の令嬢だ。

年は私と同じ十六歳ぐらい。まだ幼さの残る年頃だというのに、いくつもレースを重ねた青いドレスの上からでも出るところは出て、引っこむところは引っこんでいるのだとわかる。

どこにでもある栗色の髪と、どこにでもある緑色の瞳を持ち、全体的に膨らみに乏しい私とは大違いだ。

カイオスの隣にいるのがどこの誰なのかは、紹介すらされていないのでわからないけれど、彼女のような人がきっと、彼が言うところの、『華やかで色気のある女性』なのだろう。

「エミリア・アルベール。お前との婚約、今この場で破棄させてもらう」

堂々とした宣言は、私ではなく、周囲に向けたものだった。

それと同時に、楽団の奏でる音が会場に響き渡る。

いつもなら、カイオスの婚約者として、彼にエスコートされながら最初の一曲目を踊るためにホールの真ん中に向かっていただろう。

だけど、ダンスのはじまりを知らせる音色に合わせてカイオスが手を差し出したのは、私ではなく、彼の隣にいる華やかで色気のある女性だった。

彼女はちらりと私を見ると、桃色の唇を笑みの形に変えて、カイオスの手を取った。

言いたいことを言い切って、こちらを一瞥もせず去っていくカイオスと、その隣で彼を愛おしそうに見つめる女性、二人の背をただ見送る。

続く音色に、ほかの男女も互いに手を取り合い、ダンスホールに向かう。お相手のいない人が、同じくお相手のいない人を誘っている声も聞こえてくる。

だけど、婚約破棄されたばかりの私に、ダンスを申しこむような猛者《もさ》はいない。

色とりどりのドレスが次々と花開くように回りだす中で、私は一人ぽつんと佇むしかない。その状況に、小さくため息を落として壁際に寄る。

今にして思えば、もっと早く何かがおかしいと気づくべきだった。

招いた側だろうと招待客だろうと、通常、パーティーにはパートナーと連れ立って参加する。だからカイオスは――遅刻されて恥をかきたくないという理由だったけど――いつも欠かすことなく私を迎えに来ていた。

それなのに今日は私を迎えに来なかった。いくら待っても現れない彼にしびれを切らして、しかたなく今日、私は一人でこの会場を訪れたのだ。

できるだけ存在感を殺すように、壁に背を押し付けて彼の姿を眺める。

「……あんな顔、できたんだ」

いつも最初の一曲目が終わるとすぐにカイオスは私のそばを離れていたので、私以外の人と踊る姿は何度も見たことがある。だけど、その薄水色の瞳が柔らかく微笑むのは、初めて見た。

カイオスと婚約を結んでから九年。もちろんただの一度だって、私があんな顔を向けられたことはない。

「まあ、最初から嫌そうだったもんね……」

婚約者ができたと知ったのは、七歳の顔合わせ当日。相手が侯爵家嫡男ということに驚きを隠せなかったことを覚えている。

何しろ、私はしがない子爵家の生まれだ。緊張もしていたし、動揺もしていたはずだ。

『え、あ、と……エミリア・アルベールと申します。よろしくお願いいたします』

なんとか頑張って挨拶した私にカイオスが向けたのは、訝しげな顔。ひそめられた眉の形も刺すような鋭い目つきも、すべて覚えている。

それからは社交期に顔を合わせるようになったけど、結局カイオスと親交を深めることはなかった。

私の数少ない友人が、婚約者と森林浴に行ったり遠乗りをしたりと関係を深めていたのに対し、私はパーティーでエスコートされる以外でカイオスと二人きりで会うことはなかったからだ。

それでも、いつかは夫婦として長い時を過ごすことになるのだから、恋愛とまではいかなくても、良好な関係を築きたいと思っていた。

だけどいったいどうすればいいのかわからず悩んでいると、友人は快く相談に乗ってくれた。

『誘われないのなら、こっちから誘ってみたらどうかしら。いい感じの場所を教えてあげるわ。私がこの間行ったところなんだけど――』

そうして教えてもらった場所に誘ったこともある。

だけど一度として、ロマンチックな場所にカイオスと行くことはなかった。いくら誘っても用事があるからと断られる。そんなことが何度も続けばこちらも誘うのを諦めてしまって、結局名ばかりの『婚約者』としての関係だけが続いた。

きっとカイオスは出会ったときから今に至るまでずっと、私が婚約者でうんざりしていたのだろう。

「……だからって、こんなところで言わなくてもいいじゃない」

それでも苦い気持ちで吐き出す。

会場を見回してみても、私に親身に接してくれている友人は、ここにはいない。

彼女たちは、カイオスの家と格別な親交があるわけではないけど、呼ばれてもおかしくないほどの家柄である。つまり、きっと最初から——このパーティーを開くと決めたときから、カイオスは私との婚約を破棄するつもりだったのだろう。

だから、私の味方をしそうな友人は招待しなかった。

穿ちすぎかもしれないけど、そうとしか思えない。

私の耳が拾うのは嘲笑と蔑みだけで、助け船を出してくれる人はどこにもいない。

「まあ、かわいそうに」

「でもあれではしかたないのではないかしら」

突き刺さる視線と、向けられる嘲笑。忍ぶことすらしない声に、自分のドレスを見下ろす。

そこには、ほかの令嬢が身に着けているようなきらびやかな宝石も、繊細なレースも何もない。

地味だと言われてもしかたのないドレスだ。

かろうじて刺繍やリボンで飾られてはいるけど、模様も形も去年流行《はや》ったもの。

ドレスだけではない。靴も首元を飾る小さな飾りにいたるまで、すべてが流行遅れだ。

貴族であれば、たとえ新調するのが難しくても衣装を手直しして、流行を取り入れる。

それというのも、パーティーに侍女を連れて参加する場合、世話役なのか貴賓なのかを区別するために、侍女には流行遅れ――つまり、主人のお古を着せるからだ。

だから全身流行遅れな私は、これまでに何度も侍女に間違われた。主人はどこにいるのかと聞かれたこともある。

そのときのことを思い出して、乾いた笑いが漏れた。

カイオスが私を嫌がるのもわからないわけではない。誰だって、侍女に間違われるような婚約者は嫌なはず。せめて自分の隣にいるときぐらい、相応の恰好をしてほしいと思うものだ。

だけど私だって、好き好んでこんな格好をしているわけではない。

私の装いはすべて、お父様の意向によるもの。

もっと言えば――お母様が駆け落ちしたのが原因だ。

そのことを思い出すと、ぎゅうと胸が締めつけられて涙が零れそうになる。

友人がいないこの場所は、一人で立つにはあまりにも広すぎた。

第一章　毒花の由縁

私のお母様は、恋多き人だったらしい。さらに言えば、恋を多く与えられる人だった。

天真爛漫だったと言う人もいれば、計算高かったと言う人もいた。そして共通して最後には、綺麗な顔をした――毒花のような人だったと締めくくる。

端的に言うと、お母様は持ち前の顔立ちと性格で、将来を有望視されていた男性たちを篭絡していたそうだ。公爵家の子息から、次期宰相と目されている男子、はては学者として名を馳《は》せている男子まで、千差万別な男性をはべらせていた、と話に聞く。

もしも、その中の一人を選んで私が生まれたのであれば、毒花と呼ばれることはなかっただろう。

だけどお母様は、当時の王太子殿下までも虜《とりこ》にしてしまった。

お母様に溺れた王太子殿下は自らの婚約者に婚約破棄を言い渡し、母を婚約者にすると宣言した。

だけどそれは、許されざることだった。

王太子殿下の婚約者は、隣国との境に領地を持つ侯爵家のご令嬢だった。隣国との境界を守る侯爵家が万が一にでも反旗を翻《ひるがえ》してはたまらないと、考えたのだろう。

結果として、王太子殿下は婚約を反故にした責任を取るために王太子の座を降り、王位継承権は彼の弟に渡った。ついでに当時の彼の婚約者――現在の王妃様も、彼の弟に嫁いだ。

しかし、お母様は彼の決断を喜ばなかった。そんなつもりはなかったのだとばかりに、元王太子のもとを去り、何食わぬ顔で社交界に顔を出しつづけた。

元王太子に妬まれるのを恐れたのか、侯爵の怒りを買うのを恐れたのか。あるいはその両方か。

さすがにそれからは、母に言い寄る相手はめっきり減ったそうだ。

そうして、敬遠されるようになったお母様は結婚相手を見つけられず――最終的に、親戚だからという理由で遠縁の男性がお母様を娶《めと》ることになった。

それが、私のお父様だ。

もしもお母様が数多の男性を篭絡して、元王太子を溺れさせたときのように、お父様の心をつかみ、仲睦まじい夫婦になっていたら、私とお父様の関係はもっと違うものになっていただろう。

だけどお母様は十も年上の男に嫁ぐことになった我が身を嘆いたのか、私を産んだ後、子の誕生を祝うためにきた吟遊詩人と駆け落ちした。

お父様からしてみれば、これといった交流があったわけでもないのに奔放な母を娶《めと》ることになったあげく、最後には別の男と駆け落ちされたのだから、いい迷惑だっただろう。

その結果、私は物心ついた頃からお母様のようになるなと言われ続けることになった。

そしてお母様と同じ道を辿らないように流行に沿ったドレスも装飾品も禁じられた。勉学において少しでもミスをすれば手を打たれた。

反論することも、反抗することも、お父様は許さなかった。

だけど結局、私が婚約破棄をされたのだから頭が痛い。

「お父様になんて説明しようかな……」

ガタガタと揺れる馬車の中で、はあ、とため息を落とす。

あまりにも居心地が悪すぎて、会場を早々に出たのだけど、帰るのも気が重い。

カイオスはお父様が見つけてきた婚約者だった。

この国では、女性に家督を継ぐ権利はないので、娘として生まれれば基本的にどこかに嫁ぐことになる。一昔前は親がお相手を見つけていたのだけど、最近は自分で探すことのほうが多い。

だから、お父様が私の婚約を結んでくれるなんて夢にも思っていなかったので、婚約が決まったと突然言われたときは、天から斧でも降ってくるのではと驚いた。

しかも紹介されたのが、現王妃様——母に陥落された王太子の元婚約者——の甥かつ、侯爵家の嫡男だったことには、とまどうしかなかった。

王妃様からしてみれば、私の母は恋敵に等しい存在のはずだ。そしてカイオスの父親である侯爵にとっても、苦々しい思いをさせられた相手の娘でしかない。

お父様がどうやって縁談をまとめたのかはわからないが、相当苦労したはずだ。

母が何をしでかしたのかを耳が痛くなるほど聞いていた私は、お父様の期待に応えようと思って、カイオスと良好な関係を築こうとしてはいたのだけど——結果はこのとおりである。

「……絶対に怒られるよね」

私のせいかと言われると微妙なところだけど、お父様の苦労を台無しにしてしまったことに変わりはない。きっと怒られる。

黙って何もなかったことにしてしまいたい。いっそ永遠に馬車が走り続けてしまえばいいのに。

だけど、そんなことを考えるうちに無情にも馬車を曳く馬は歩みを止めてしまった。車体の窓の向こうには、見慣れた我が家がある。

ガチャリと御者に扉を開けられ、逃げ場を失った私はしかたなく馬車を降りた。

どうせ怒られるのだから、さっさと報告して、眠ってしまおう。

「お父様は今どこにいるの？」

そう思って出迎えてくれたメイドに聞いたけど、彼女はすぐには答えず、ためらうように下を向く。

おかしな質問ではないはずなのにどうして、と首を傾げたところで、彼女は決心したように口を開いた。

お父様はリオン――私の腹違いの弟の部屋にいると。

「そう、なの。わかったわ。ありがとう」

声が震えそうになるのを、無理やり押しとどめて私は彼女に礼を言った。

弟のリオンと私は血が繋がっていない。私の母が駆け落ちしてすぐ、お父様は商家の娘を後妻に迎え、その二人の間に生まれたのがリオンだ。

彼は今日、熱を出して寝こんでいる。本来なら、お父様も今日のパーティーに参加する予定だったのだけど、心配だからとリオンのそばにいることを選んだ。

カイオスが迎えに来ないことを不審に思う素振りも見せず、会場へと一人で発《た》つ私にパーティーを欠席する旨を記した手紙だけを託してからずっと、お父様はリオンのそばにいたのだろう。

その扱いの差に、ぎゅっと胸をしめつけられながらも、リオンの部屋に向かう。

そして、これまでほとんど入ることのなかった部屋の扉をノックしようとして――中から聞こえた声に手を止めた。

「ああ、リオン。大丈夫？　私も旦那様もいるから、安心してちょうだい」

「ゆっくり休むといい。明日にはきっと元気になっている」

優しく、労《いた》わるようなふたつの声。

後妻であるライラ様はもちろん、お父様もリオンをとても大切にして可愛がっている。

何しろリオンは大切な跡継ぎで、駆け落ちなどしていない妻との間にできた子供だ。

対して私は、跡継ぎにはなりえない、しかも駆け落ちした妻との間にできた子供だ。

だから、お父様が私にだけ厳しいのは当たり前で、会話のほとんどが母に対する不満か叱られるだけなのも当然だとわかっている。だけどどうしても、リオンを慈しむ声を聞き、かいがいしく看病している様子を想像すると、胸が痛くなる。

それに、扉を開けて、一大事であるはずの報告をしたとして、そんなことはどうでもいい、リオンが熱を出しているのだからそれどころではないと言われたらと考えると、どうしても目の前の扉を開けることはできなかった。

「……やっぱり、明日でいいよね」

手を下ろし、リオンの部屋の真逆にある自分の部屋を目指して、来た道を戻る。

その判断が間違っているのはわかっているけど、どうしてもそうせざるを得なかった。


翌朝、目覚めてすぐにお父様に呼び出された。

見苦しくない程度に身支度を整えてお父様の執務室に入ると、机に向かって座るお父様から大きなため息が落とされる。

「どうして呼び出されたのかわかっているだろうな」

立ち上がりもせずに言うお父様に、こくりと頷いて返す。

「昨日の件でしょうか」

「わかっているのなら、どうしてすぐに報告に来なかった」

向けられる厳しい視線と咎めるような声。

いつもよりも怒りが強く出ている顔に、そっと視線を下に落とす。

「昨日は疲れていたので、帰ってきてすぐに部屋に向かってしまい……申し訳ございません」

弟のリオンは十四歳。私と二歳しか違わない弟が、父親と母親に囲まれて慈しみ愛されていることがつらかったのです、などと言うことはできなかった。

それが私の落ち度であることはよくわかっている。

素直に頭を下げると、部屋に入ったときと同じようなため息が聞こえてきた。

「重要な話はすぐに報告する……そんな簡単なこともできないのか」

「……申し訳ございません」

「まったく、お前がそんなだから婚約を破棄されたのではないのか」

その言葉に一瞬、目を見開く。

婚約を破棄されたのは、私が華やかでもなければ、色気もないからだとカイオスが言っていた。

だけどそれをどう説明すればいい。

私の装いはすべてお父様が決めている。それなのに、地味な服ばかり着ているから婚約破棄されたと素直に話したら、言い訳のつもりかと、叱責されるだろう。

何も言えず黙っていると、三回目のため息が落とされた。

「あの女の娘のくせに、男の一人も捕まえておけんとはな」

吐き捨てられた言葉にぐっと唇を噛みしめて、顔を上げる。お父様がお母様について話すのは、どれほどひどい女性だったかを語るか、私を叱るときに比較として出すときだけだ。

私はそれが大嫌いだった。

お父様が、あの女の娘と私を呼ぶたびに、胸が苦しくなった。

まるで、私がお父様の娘ではないと言われているような気がして、どうしようもなく悲しくなるし、虚しくなる。

「おか——母は、この件とは無関係です。わ、私が婚約を破棄されたのは……色気も、華やかさもないからだと、カイオス様はおっしゃっておりました」

だからつい、ためらっていた言葉を吐き出してしまった。

言ってから気づいても遅い。お父様は口答えをよしとする人ではなく、いつだって私が粛々と従うことを望んでいた。

即座にお父様の眉が跳ね、顔が不快そうに歪む。

「そんなものがなくとも繋ぎとめるぐらいはできるだろう。あの女の娘だから、男の一人ぐらいはどうにかできるかと思ったが……」

四回目のため息と共に、お父様の視線が私の後ろにある扉に向く。

「もういい。お前に期待した私が愚かだった」

ひらりと手を振って立ち去るよう示すお父様にそれ以上言い返すことはできず、執務室を出る。

怒られることは予想していたけど、あそこまで言われるとは思わなかった。いや、嘘だ。思いたくなかった。

婚約を破棄されたのは私だけのせいではないのだと、慰めてもらえると思っていたわけではない。もしもそうなら、昨日のうちに報告していたはずだ。

だけど、それでも、少しくらいは労《いた》わってくれるのではと期待していた。

残念だったな、の一言だけでもいいから言ってほしかった。

そうしたら、お父様はリオンだけでなく私のことも想ってくれているのだと、信じられた。

「お嬢様」

とぼとぼと部屋に戻ろうとしたところに、小さな声がかけられる。

声のほうを見ると、メイドが一人、手に小さな何かを持って立っていた。

「お手紙が届いていますが……」

そわそわと視線をさまよわせているのは、お父様が私に怒っていることを知っているからだろう。

どう接したものかと悩んでいる彼女に、小さく肩をすくめる。

「誰からなの？」

「ミシェル・ログフェル様からです」

告げられた名前に、ぱちくりと目を瞬《またた》かせる。

どうして彼女が？　そんな思いでメイドから手紙を受け取り、目を通す。

そこに書かれていたのは、本当に短い誘いの言葉。今から遊びにおいで、という文章だけで、昨日からずっと重苦しかった胸が、少しだけ軽くなった。

◇◇◇

「よく来てくれたわね」

急いで外出着に着替えて馬車に飛び乗った私を迎えてくれたのは、ミシェル・ログフェル。

革張りのソファに優雅に腰かけて、紫紺色の長い髪を揺らしながら優雅な笑みを浮かべている彼女は、私の数少ない友人の一人だ。

ミシェルの住むログフェル侯爵家の邸宅に来るのは初めてではない。ただ、父に何も言わずに家を飛び出したのは初めてだ。

きっとお父様は怒るだろう。一日だって反省できないのかと、婚約破棄された身で遊び歩くなんて、と言うに違いない。

だけどどうせ、お父様も私と顔を合わせたくないだろうし、家にいたところで部屋に引きこもるしかない。

それならいっそ――たとえ帰ったあとに軟禁か酷い叱責が待っているとしても――今ミシェルと話しているほうが気がまぎれるというものだ。

「ミシェル、お誘いありがとう」

「私もあなたが来てくれて嬉しいわ」

私の言葉に、ミシェルも薔薇色の瞳を細めて微笑み返してくれる。

それだけで、嬉しい。ただ、ひとつ気になることがあった。

「それで、今日はどうかしたの？　あんなに短い手紙を送ってくるなんて……何かあったの？」

ミシェルに誘われるのはよくあることだ。だけどたいてい、近い日にちと時間をきっちり指定したもので、今日のように「今から」という誘い文句の手紙を送ってきたことはない。

どうしてだろうと首を傾げても、ミシェルは何も言わず、ただじっと侍女がお茶の支度をしているのを見つめている。

そしてお茶を淹《い》れ終えた侍女が部屋を出てようやく、口を開いた。

「――話は聞いたわ。大変だったわね」

肩にかかっていた紫紺色の髪を後ろに払いながら、労《いた》わるような笑みを浮かべた彼女に、目を瞬《またた》かせる。

婚約破棄なんてそうそう起こるようなものじゃないから、瞬《またた》く間に貴族たちの間で噂が広がるだろうとは思っていたけれど、昨日の今日というのは、あまりにも早すぎやしないか。

「どうして……」

「あなたのことを気にかけているのは私だけではない、ということよ。それで、あなたは大丈夫なの？」

優しい声色に、ぐっと言葉に詰まる。昨日からずっと、厳しい言葉ばかり向けられていたから、ミシェルの優しさが胸にしみて、涙が零れそうだ。

「もしよければ話を聞くわ」

ミシェルにはいつも愚痴を聞いてもらっている。だから悪いとは思っているのだけど、こらえきれなくて、堰《せき》を切ったように溜めこんでいた胸の重みを吐き出した。

「――って、あまりにもひどくない!?」

しばらくして、私は大声を上げていた。

先ほどまでミシェルの優しさに感動していたはずなのに、今ではお父様に対する怒りが胸を占めている。

カイオスにされたことや、お父様に言われたことをぶちまける私に、ミシェルは呆れることなく、じっと聞き役に徹してくれている。

「色気がないとか、華やかさがないとか、地味とか。誰のせいだと思ってるのよ！　そもそも、あの女あの女って言われても、お母様の顔すら知らないのに、どうしろって言うのよ！」

お母様のやり口を知っていたら、参考にできたかもしれない。

だけど、お母様がどんな風に男性を篭絡したのか教えてくれる人はいなかった。

男性を魅了することに長《た》けていたとしか知らないのに、お母様のように振る舞えるはずがない。

しかも色気や華やかさという武器すらなくて、どうやってカイオスを繋ぎとめろというのか。

喉が渇いてしまって、目の前の少し冷めたお茶を口に含む。

さわやかな香りが口に広がって、ようやく少しばかり冷静さが戻ってきた。

「あ、ごめんね。いつも愚痴ばかりで……」

こんなのだから、私には言い寄ってくる男性はおろか、友人もほとんどいないのだ。愚痴る相手はミシェルだけではあるけど、苛々とした雰囲気がほかの人にも伝わってしまっているのだろう。

反省して肩を落とすと、ミシェルがくすくすと笑った。

「別に構わないわよ。私だって愚痴に付き合ってもらっているのだから、お互い様でしょう？」

そう言って、ミシェルは薔薇色の瞳を細める。

彼女は辺境を守護するログフェル侯爵家の長女だ。国境――ひいては王国を守るという意識が家に強くあり、嫡男はもちろん、次男以降も一定期間騎士団に身を置くことを義務付けられている。

そのため、ログフェル家では後継者になれるからというだけでなく、戦いに身を置けるからという理由で、男児が強く望まれている。

そして、神の計らいなのかなんなのかは知らないけど、ログフェル家は、彼らの意向をくみ取ったかのように男児ばかり生まれる家系だった。さらに共に過ごすことの多い国境に駐在する騎士の方々は男所帯で――つまるところ、そこに唯一生まれた女児であるミシェルは扱いが難しく、どう接すればいいのか悩ましい相手だった、ということだ。

決して大切にされてない、というわけではない。

ただ、男性ばかりの家では『極端な女の子扱い』が時折目立つことが問題なのだとミシェルは言う。

「女の子だからって、花や甘いものを与えておけば大丈夫だと思っているのが見え見えなのよね。

剣を好む女性がいるのだと、お父様はいまだに理解してくれないのだから困ったものだわ」

ミシェルは、これまでにもいろいろと複雑な思いを抱いていて、その愚痴を聞くことはたしかにあった。

王家からも覚えめでたい侯爵家の娘ミシェルと、しがない子爵家の娘である私は立場も違うし、環境も違う。

だけど、父親に対して不満を持っているという点では共通していた。

これがミシェルとの友情を築く一因になってくれたのだから、それだけはお父様に感謝している。

「……私も、お父様の言うとおりにしていたのに駄目って、もうどうすればいいのよ」

はあ、とため息と共に、二人してうなだれる。

お父様のことを思い出して、憂鬱な気持ちまで思い出してしまった。

お父様に感謝できることなんてほとんどないけど、それでもお父様はお父様で、私の家族だ。

愛されたいと——弟と同じように、家族の輪に入れてほしいと願ったこともある。

言うことを聞いていれば褒めてもらえるかもと期待してはひたすらに従順であり続け、お母様とは違うのだとわかれば喜んでもらえるかもと勉学に勤《いそ》しみ、きらびやかな衣装に身を包むほかの令嬢を羨むことがないように目を逸らし続けた。

だけど全部、無駄だった。お父様は私の努力なんて見てもいなかったし、カイオスに婚約を破棄されたのは私の努力が足りなかったからだと断じられた。

完全に手詰まりだ。

するとミシェルが首を傾げた。

「あら、そんなの簡単じゃない。言うとおりにして駄目なら、言うとおりにしなければいいのよ」

そうなんてことのないように言うミシェルに、うなだれていた顔を上げる。

「流行のドレスも肌の見えるファッションも宝石のひとつも駄目だと言うのなら、それらすべてを身に着けてはどうかしら」

「……できるなら、最初からそうしてるよ」

家にあるのはお父様の選んだ服ばかりで、装飾品なんて、地味で流行遅れなリボンや小さな首飾りぐらいしかない。

私財があるのなら、こっそりと買い求めることもできただろう。

だけどお父様は、何に使うかわからないという理由で、子供の駄賃程度のお小遣いすらくれない。弟には金に糸目をつけず優秀な教師をつけたり、必要に応じてお小遣いをあげたりしているのに。

自分で稼ぐ、というのも難しい。私の一日のスケジュールはお父様が管理していて、何をするにしても、それこそミシェルに——友人に会いに行くにも許可が必要だった。

何も言わず出かければ、どこで何をしていたのか詰問され、勝手な行動を咎められる。

それに何かおかしなことはしていないかと度々持ち物を確認された。カイオス以外からの贈り物でも持っていた日には、ふしだらだと烈火のごとく叱られただろう。

幸い、誰かに何かを貰う機会はなかったのだけど。もちろん、カイオスからも。

私はむなしい現実を思い出しながら苦笑する。

「私がそんなもの持ってないのは知っているでしょ？」

「ええ、そうね。たしかにあなたは着飾るものを持っていないわ。だけど知っているかしら。私にはあるのよ」

パンパンとミシェルが手を鳴らすと、いつから待機していたのか、数人の侍女がそれぞれの手に服やら箱やらを持って現れた。

一切乱れずにずらりと並ぶ侍女たちに目を丸くすると、ミシェルが紫紺色の髪を揺らして立ち上がった。

「あなたが私よりも華奢でよかったわ。少し詰めればなんとかなりそうだもの」

「ええ、と？　ミシェル？　これは？」

「こんなこともあろうかと用意しておいた、ドレスや靴――そのほか諸々。あなたを着飾らせるものの一式よ」

侍女たちの前に立ち腕を組んで胸を張るミシェルに、思わず頬が引きつる。

「どんな場合を予想していたの……って、そうじゃなくて。悪いからいいよ。だってこれ全部、ミシェルのだよね？」

侍女の手にあるドレスや箱に入った装飾品のほとんどは、今年の流行を取り入れたものばかりに見える。

何着もあるドレスすべてに袖を通したとは思えない。

しかし、慄《おのの》く私に対して、ミシェルは華やかに微笑んだ。

「あら、そんなの気にしなくていいわよ。たしかにこれらは父様や母様が用意してくれたものだけど、私の趣味ではないのよね」

家族からのプレゼントなら、なおさら駄目なのでは。

――そんな私の考えを読んだかのように、ミシェルの唇が弧を描く。

「それに、知っていて？　女の子はお人形遊びが好きなのよ」

ミシェルの妖艶な笑みに、与えられた人形を剣の代わりに振り回していた彼女との、遠い日の思い出がよみがえった。


私とミシェルが友人になったのは、十歳の頃。

その日はミシェルの十歳の誕生祝いで、彼女と同年代の令嬢が何人も招待されていた。私もその一人だ。ただ、ログフェル家のホールに色鮮やかなドレスがあふれかえる中で、茶色いドレスを着ていたのは私だけだったことは、今も覚えている。

ほんの少しだけフリルやリボンがついていたけど、妖精のようなドレスを着たほかの子供たちに比べたら、あってもなくても変わらない。

『茶色が好きなの？』

そんな無邪気な質問すら当時の私からしてみればいたたまれなくて、外の空気を吸ってくると言って、庭園に逃げ出した。

そこで、ミシェルと出会った。

彼女の誕生会には何度か招待されていたので顔は知っていたけど、話したのは挨拶するときだけ。互いに顔は知っている。それだけの関係だった。

だけどそのときのミシェルは人形をぶんぶん振り回していた。

「——何をしているの？」

私は挨拶するのも忘れて、ついそう聞いてしまった。

どうして主役であるはずの彼女が、こんな誰もいないところで人形を振り回しているのか。彼女の行動がさっぱり理解できなくて怖かったからだ。

私の問いに、ミシェルはころころ笑った。

「プレゼントは剣じゃなくてこちらにしなさいと言われたから、剣の代わりにしているの。あら、あなたのドレス、動きやすそうでいいわね」

「そ、そうなんだ……ありがとう」

私の地味なドレスを悪意のかけらもなく、特殊な方向から褒めてみせたミシェル。そしてそれに思わずお礼を言ってしまった私。

それが、私とミシェルの友情のはじまりだった。


——なんて、過去に思いを馳《は》せている間に、ミシェルのお人形遊びが終わった。

「もう少し大粒のネックレスのほうがいいかしら」

私の首元はいつの間にかネックレスで飾られている。それと、自分の手の中にあるネックレスを見比べて悩むミシェルに、ぶんぶんと首を横に振った。

「い、いいよ。これで」

「そう？　まあ、あなたの意見が一番大切だものね。それにしましょう」

そう言ってミシェルが手を叩くと、周りを取り巻いていた侍女たちが離れて、一枚の姿見が私の前に置かれた。

回ってみて、と言われて裾を摘まんでくるりと回る。

それだけで、フリルがふんだんに使われた淡い緑のドレスがふわりと広がった。細やかなレースが胸元を飾り、今流行《はや》りの刺繍まで施されている。指先から伝わるなめらかな感触。装飾だけでなく生地も上等なものだということがよくわかる。

同時に、お父様がどれだけ私にお金をかけなかったのかも痛感してしまうけれど、その美しさに思わず感嘆のため息をつく。

地味な栗色の髪も真珠がちりばめられた髪飾りで飾られたおかげで、上品と言える程度にはなった。唇には薄い紅と、肌にはおしろいがのせられて、まるで自分ではないような姿に目を瞠《みは》る。

「ミシェルはお伽話《とぎばなし》に出てくる魔法使いみたいだね」

「あら、それは言いすぎよ。かぼちゃを馬車にはできないし、ねずみを御者にはできないもの」

ふふ、と笑うミシェルに、私も笑みを浮かべる。

「一度でもお洒落している自分が見られてよかった」

鏡の中の自分を見つめるだけで夢のようだ。感慨にふけっているとミシェルが眉をひそめた。

「何を言っているの？　これから毎日、あなたはこの恰好をするのよ」

「毎日⁉」

「ええ、毎日よ。あなたの家には、婚約を破棄された傷心を癒すために我が家で世話をすると打診しておいたわ。男性相手の付き合いには厳しいあなたの父親でも、女性同士の交流には口を挟まないでしょう」

お母様には同性の友人が少なかったらしく、私にも同性の友人が少ない――どころか、異性の友人もまったくいない。そのためお父様はよく私に、友人を持つようにと渋い顔をしていたものだ。

だからか、いろいろと厳しいお父様ではあるけど、ミシェルに会いに行くのを止めたことは一度もなかった。

それに、お父様は体面を重んじる人だから、ログフェル侯爵家から直接手紙が届いたのなら無下にはできないだろう。

私はあまりのことに目を瞬《また》かせる。

「たしかにそれなら許してくれるかもしれないけど……本当に、いいの？」

「もちろん。私がいいと言っているのだから、よくない理由がないわ。それに私の家族はみんな、構わないと言ってくれたもの」

「……ありがとう。それじゃあ、しばらくお世話になります」

にっこりと笑うミシェルに頭を下げる。

ミシェルと仲がいい『女の子らしい女の子』として、彼女の家族はいつだって私を歓迎してくれた。

だからきっと、カイオスに婚約を破棄されたことを聞いて、哀れに思い、しばらくの滞在を許可してくれたのだろう。申し訳なくはあるけど、ありがたくもある。

今は、お父様や継母のライラ様、それに私の弟のリオンと顔を合わせたくはなかった。

私が下げていた頭を上げると、ミシェルはますます嬉しそうに目を輝かせた。

「そうと決まったら、あなたに似合うものを徹底的に探しましょう。あなたの元婚約者が驚くほどのものを見つけてみせるわ」

「カイオスに……？」

「ええ、そうよ。私の手で飾られたあなたを見てどんな反応をするのか……今から楽しみだわ」

遊びに誘ってもなしのつぶて。パーティーでのエスコートを引き受けてはくれたけど、いつも入場するまでで、ダンスも義理程度の一曲だけ。

しまいには地味だからと婚約破棄した婚約者――いや、元婚約者の顔を浮かべて、首を横に振る。

「……それは別にいいかな。見返すためにお洒落するのって、まるでカイオスのためにお洒落するみたいで……」

なんとなく、嫌だ。

「私はミシェルと遊ぶためにお洒落したいな」

ああでもない、こうでもないと、私をどう飾ろうか考えているミシェルはとても楽しそうだった。

私がログフェル家に滞在している間、ミシェルはどれを着せようかと生き生きした顔で悩むのだろう。

楽しそうにしてくれるミシェルを見ているだけで、私も楽しくなる。

その気持ちを素直に伝えると、ミシェルは口元に手を当てた。

「あら、いやだわ。そんな嬉しいことを言ってくれるなんて……誰にも見せず独り占めしたくなるわね」

ふざけるような軽い口調だけど、ミシェルの頬はほんのりと朱色に染まっていて、口元には照れたような笑みが浮かんでいる。

私の大切な友人であるミシェルは、お人形を剣にするし、人をお人形にするような子だ。

だけど、素直に喜びを表現できない可愛らしい一面も持っている。

珍しく照れているミシェルを微笑ましく思っていると、コンコンと扉が叩かれた。

なんだろうと私が首を傾げるのと同時に、ミシェルが扉を開ける許可を出す。

「ミシェル、エミリア嬢。父上と母上が――」

部屋に入ってきたのは、ミシェルの兄、レオナルド様だった。

ミシェルの二歳上で、十八歳の彼は、男所帯でもまれて育ったからか、あるいはログフェル家の家風のせいか、凛々しい顔つきをしている。ログフェル家の跡継ぎであり、ログフェル家が所有する騎士団の一員でもあるレオナルド様は、ミシェル曰く「浮いた話のひとつもない堅物。男所帯で育った弊害をこれでもかと詰めこんだ男」なのだそうだ。

だけどそんな凛々しさは、部屋に入ってすぐ消えた。

ぎょっと目を見開いたレオナルド様の視線は、まっすぐに私に向いている。

「あら、兄様。女性をじろじろと見るのはマナー違反よ」

「あ、ああ、すまない」

ミシェルに注意されて視線を逸らすレオナルド様に、瞬きを繰り返す。

レオナルド様とはミシェルを通じて話すことが何度かあった。だから決して、初対面というわけではない。かといって親密な関係というわけでもないけど――

「ミシェルに見立ててもらったのですが、似合いますか？」

ミシェルによって飾られた私は、これまでと比べたらずいぶんと見違えたはずだ。

自画自賛にはなってしまうけど、色気はなくても華やかさは出たと思う。色気については体形の問題もあるので、肉付きがあまりよろしくない私では無理だろうけれど。

友人未満、知人よりは少し上ぐらいの関係である彼の反応が気になって、聞いてみる。

「ああ、うん。似合っていると、思う」

すると、ミシェルと同じ薔薇色の瞳をきょときょとさまよわせながらレオナルド様が頷いた。

「そこは綺麗だとか、可愛いとか言えばよろしいのではなくて？　それだから嫁を一人も捕まえられないのよ」

「たくさん捕まえるのも問題だろ……いや、それよりも父上と母上が応接間まで来るようにと、二人を呼んでいたぞ」

ミシェルの軽口に気を取り直したのか、レオナルド様は口早に用件を告げると部屋を出ていった。

バタンと扉が閉められるのを見ながら、ミシェルが不思議そうに首を傾げる。

「父様と母様が……？　なんの用かしら」

「私を泊めることについてじゃない？」

ミシェルだけでなく私も呼んでいるのなら、十中八九今後について——私が滞在することについてだろう。

今までログフェル邸に遊びに来たことはあっても、泊まったことはない。許可が下りているとしても滞在している間、気をつけてほしいこともあるに違いない。

お世話になる身としてログフェル夫妻にもお礼を言おうと思っていたので、ちょうどいい。

私とミシェルは二人して、応接間に向かった。

そして、待っていたログフェル夫妻に向けて、ドレスをつまんで腰を曲げる。

「このたびは、滞在をお許しいただきありがとうございます」

「まあそんな、かしこまらなくていいのよ」

向けられた柔らかな声は、ログフェル夫人のものだ。ミシェルの母親だとは思えないほど穏やかな声色に、ログフェル卿の低く厳《おごそ》かな声が続く。

「ああそうだとも。お泊り会とは実に女の子らしくて、君には感謝しているんだ」

ミシェルがこの世に生を受けてから十六年。ログフェル夫妻にとっての理想の娘は、花やお人形を愛でる優しく可愛い子供だったのだろう。

だけど生まれたのは、剣や体を動かすことを好み、どことなく高圧的な態度の娘だった。

理想を求めようとする両親にミシェルが不満を抱いたことは数知れず、当然その逆もあったはずだ。

でも、ログフェル侯爵夫妻の優しい言葉に、理想とは違っていても二人がミシェルを大切にしていることが伝わってくる。

「気負うことはない。我が家だと思ってくつろいでくれていい」

「ええそうよ。それにお洒落を楽しむのなら、私も力になれると思うわ。今着ているそれはミシェルのお下がりでしょう？　よく似合っているとは思うのだけど、あなたに合わせたドレスも作っておいて損はないのではないかしら」

ログフェル夫人の言葉に思わずぎょっとしてしまう。

ミシェルが袖を通したかも怪しいほどに綺麗なドレスを借りているだけでも申し訳ないのに、新しく作るとなると、仕立屋を呼んで採寸してドレスを縫って――いったいどれだけの手間とお金がかかるのか。

「いえそんな、恐れ多いのでログフェル夫人のお手をわずらわせるわけには――」

「あら、そんなことはないから安心してちょうだい。ミシェルは自分でドレスを選んでしまって、ちっとも私に頼ってくれないのよ。……しかも選んだものが似合っているから何も言えなくて少し寂しかったのよね。だから、可愛らしい子のドレスを選べる機会を逃したくはないの」

にこにこと笑っているログフェル夫人から飛び出てきた『寂しかった』という言葉に、思わずミシェルの様子をうかがう。何故か自信満々な顔で胸を張っていた。

今にもふふんと鼻で笑いそうなミシェルに、気にしていないならよかったと胸を撫で下ろす。

しかしそんなことを考えている間に、ログフェル夫人とミシェルはますます楽しそうに話し合っていた。

「化粧品も肌に合わせたものがいいわよね。ヒールも、あまり高いものは慣れていないでしょうし、足に合ったものを買わないといけないわ。ああそれに、髪飾りやネックレスとかも……ミシェルのものも悪くはないけど、いろいろ試してどれが一番似合っているのか見定めることも大切よ……だけどすべてを試すには時間がいくらあっても足りないわね。どうすればいいかしら」

「母様、安心してちょうだい。こんなこともあろうかとデザイン画をすでに取り寄せてあるもの」

「もう。こういうのは悩むことも楽しいのよ。もう少しゆったり構えてもいいのではないかしら」

着々と進むこれからの計画。ログフェル夫人は楽しそうに話し、ミシェルも楽しそうに口を挟んで、それをログフェル卿が微笑ましそうに眺めている。

幸せそうな家族の姿に、よかった、と思いつつも少しだけ胸が痛んで、視線を落とす。

「ねえ、エミリア。あなたはどんな飾りがいいと思う？」

そこに、ミシェルの声が飛びこんできた。

「え、飾り……？」

「あら、聞いてなかったの？　あなたの髪を飾るのにはどんなのがいいかって話してたのよ。生花もいいけれど、崩れやすいから造花のほうがいいかとか、それとも宝石にするかとか……あなたの好みも取り入れたいのだから、一緒に悩んでくれないと困るわ」

ほら、と私の言葉を待つミシェルとログフェル夫人に、何故だか口の端が緩んでしまって、気づけば胸の痛みは消えていた。


夜になり、ミシェルの部屋でベッドに体を沈める。二人寝転んでも余裕があるほど大きなベッドは、湯浴みで火照った体をふんわりと優しく包みこんで、心地よい。

夕食はログフェル家の人たちとではなく、ミシェルと二人で彼女の部屋で食べた。

ミシェルが「私の家族に囲まれての食事だなんて、気を遣って楽しめないでしょう」と主張し、ログフェル夫妻も快諾したからだ。

それからログフェル家に仕える侍女に湯あみを手伝ってもらい、花の香りがするオイルまで塗っていただいてしまった。

「私、この家の子になる……」

美味しい食事に柔らかなベッド。そして至れり尽くせりという言葉がふさわしいぐらいの扱いに、思わずそう呟く。

まだ半日も経っていないのに、帰りたくない気持ちでいっぱいだ。

すると、ベッドの端に腰かけていたミシェルの口元に笑みが浮かんだ。

「そんなこともあろうかと、養子縁組の書類は用意してあるわ」

「どんなところまで想定しているの!?」

ぎょっと目を見開く私に、ミシェルは傍らに置いてある机の引き出しから数枚の書類を引っ張り出した。

本当に、養子縁組の書類だ。しかも、所々が埋められている。

「あとはあなたの署名があれば整うわ」

「準備万端すぎるよ！」

ドレス一式といい、養子縁組の書類といい、ミシェルの未来予想が怖い。

書類の身元引受人の欄にはすでにログフェル卿の名前が入れられている。だけど――

「いやでもそれ、ログフェル卿の署名が必要でしょう」

直筆のサインが必要な欄が空欄のままで、ほっと肩の力を抜く。

私はすでに十六歳でほとんど成人しているようなものだけど、娘が一人増えるのはそれだけで大変なことだ。金銭面はもちろん、子供とは言い難い年齢の女性を養子にすることに好奇の視線を向けてくる人もいるだろう。

そんな苦労をたかが子爵家の娘――ミシェルの友人でしかない私のためにしようとは思うはずがなかった。

冗談でも嬉しいな、と顔をほころばせる私に、ミシェルがなんてことのないように口を開く。

「あら問題ないわ。酔っているときにでも父様のサインが欲しいなっておねだりすれば一発よ」

「問題しかない！」

間違いなく、書類の内容に目を通していないやつだ。

「滞在を許可してもらって、ドレスとかいろいろ用意してもらえるだけでも感謝してもしきれないのに、騙して養子になったら申し訳なさすぎて太陽に顔向けできなくなっちゃう」

「そう、わかったわ。エミリアに地中生活されても困るから、いざというときまで取っておくわね」

「処分はしないんだ」

「世の中、何が起きるかわからないもの」

さっさと引き出しに書類をしまい直すミシェルに、苦笑を漏らす。たしかに、世の中何が起きるかわからない。

カイオスの婚約者になったことも婚約破棄されることも、そうなる前は考えもしていなかった。

婚約破棄については、気づけという話ではあるけど。

「そろそろ寝ましょう。明日は早いから、寝ておかないと体力がもたないわよ」

「うん……そうだね」

楽しげに笑うミシェルを見て、肩の力が抜ける。

結局、ログフェル夫妻と話した後、夕食までずっと私はログフェル夫人とミシェルの着せ替え人形になっていた。ログフェル夫人がどの色がいいのかを見たいと言ったからだ。

着替えは侍女がしてくれていたけど、それでも精神的にも体力的にも疲れてくる。

私は、再びベッドに身体を埋めて目をつむる。

すぐに、夢の世界が手招きして私を誘ってきた。

「養子縁組じゃなくても、あなたの力になれるのならなんでもするわ。父様や母様だけでなく、ほかの子にも人形を振り回すのはおかしいと言われていたの。でもね、あなただけが私を否定しなかった。だから――」

眠ると言ったのに眠る気がなさそうなミシェルの声が、どこか遠くから聞こえてくる。

否定しなかったのは、ミシェルの勢いがちょっと怖かったからだけど、ミシェルの気持ちが少しでも楽になったのなら、私も嬉しい。

怖かったという部分は省いて、回らない舌で答えたと思うけど、ちゃんと言葉になっていたかはわからない。

言い終える頃には、夢の世界の住人になってしまっていたから。

翌日、着せ替え人形としての役目をまっとうしていた私は、どうしても避けられない問題に直面した。

それは、踵の高い靴。

私が普段履いていたのは、踵の低いものばかりだったのだけど、それではミシェルが用意してくれたドレスには似合わない。つまり、着飾るにしてもまずは足元から、ということだ。

私は生まれてはじめて踵の高い靴を履くことになり、ログフェル邸のミシェルの部屋で、生まれたての小鹿のようにぷるぷると足を震わせている。

「怖い！　足をくじきそう！」

ひゃあと悲鳴をあげる私に、ミシェルが苦笑まじりの笑みを浮かべた。

「何事も慣れよ。頑張りなさい」

一歩、二歩と足を踏み出すたびに足首が曲がりそうになる。ぐらぐらと不安定な足元に、転ばないようにするので精一杯だ。

朝から採寸やらなんやらを済ませた私を待ち受けていたのが、慣れない靴でも優雅に歩くための練習だった。

しかもこれが終わってもまだ、ダンスの練習が待っている。

一応ダンスの教師に習ったことがあるのである程度は踊れるのだけど、それは踵の低い靴に限定した場合の話だ。

今履いている靴で踊るのならば、練習しないと大惨事になりかねない。

何しろ、今履いている靴の踵は凶器にも等しい。渾身の力で踏みつけようものなら相手の足に穴を開けてしまう。いや、さすがにそこまではいかないかもしれないけど、骨にひびのひとつは入れてしまうだろう。

そう思いながら恐る恐る歩いていると、ミシェルの扇が背にぴしりと当てられた。

「ほら、足元ばかり気にしているから姿勢が悪くなっているわよ。まっすぐ前を見て、歩けて当然という顔をするのよ」

当然じゃないので、どんな顔をすればいいのかわからない。

思わず漏れかけたそんな泣き言をぐっとこらえる。

お人形遊びから一転してお洒落訓練になってはいるけど、どちらもミシェルの厚意であることに変わりない。無理、できないと文句ばかり言うのは、甘えが過ぎるというものだ。

「……頑張る」

どうしても足元に向きかける視線を無理やり引きはがして数歩先にいるミシェルに固定する。それからゆっくりと足を踏み出した。

「そう。その調子よ。急がなくていいから、歩き方に集中しなさい」

踵とつま先は同時に地面につけて、まっすぐに前だけを見る。余計なことは考えずただひたすらに歩くことだけに意識を向ける。

すると、亀のほうが速そうな歩みではあったけど、私は無事にミシェルのもとに到着した。

緊張から解放された安堵で、はあと大きな息を吐き出す。

「それじゃあ次はもう少し長い距離を歩いてみましょう。そうね――」

ちらりとミシェルの視線が部屋の壁から逆方向にある壁に向く。次はその距離を歩けるように、ということなのだろう。

だけど実際にミシェルがそう言うより早く、ノックの音が部屋に飛びこんできた。

どうぞ、の声と共に顔が扉から覗く。

「ミシェル、それにエミリア嬢。客が来ているが……どうする？」

ノックの主はレオナルド様だった。彼の言葉にミシェルがはてと首を傾げる。

「客……？　私たちに、ということよね。どなたかしら」

ミシェルの顔にはかすかに警戒の色が浮かんでいる。ミシェルだけを訪ねてくるのならともかく、私にも用があるというのがひっかかったのだろう。

そもそも私がこの屋敷に居ることを知っているのはお父様ぐらいだ。誰か奇特な人間が、お父様に私の居場所を聞いたのならば話は別だけど、そこまでして訪ねてくる相手に心当たりはない。

訝しげな表情を浮かべていた私たちは、レオナルド様が口にした客人の名前にぱちくりと目を瞬《またた》かせて、顔を見合わせる。告げられたのが、数少ない友人の一人の名前だったからだ。

「会うのは気が進まないのであれば、断りを入れるが……」

「いえ、そんなまさか！　会いたいです」

慌てて否定すると、レオナルド様は安心したように表情を和《やわ》らげて、ミシェルも鷹揚に頷いた。

「そうね。せっかく来ていただいたのだもの。……気は乗らないけれど、会うことにするわ」

私の友人は応接間にいるらしく、そちらに向かおうということになったのだが――大変困ったことに、私はほんの数歩の距離を歩くことすらままならない。

ぴたりと固まったままの私に、レオナルド様が困惑したように眉尻を下げる。

するとミシェルは仕方がないと言わんばかりに、笑みを浮かべた。

「兄様、エミリアをエスコートしてあげてちょうだい。エミリアも支えがあるほうが安心できるでしょう。兄様は無駄に体を鍛えているから、多少転びそうになっても微動だにしないはずよ」

「えっ」

思わぬ言葉に戸惑うが、意外なことにレオナルド様は苦笑しつつもすぐに私に腕を差し出した。

「無駄ではないのだが……まあ、いい。それではエミリア嬢、こちらに」

ミシェルには朴念仁だのなんだのと言われているが、さすがは侯爵家嫡男とでも言うべきか。洗練された優雅な仕草に思わず圧倒されかける。恐れ多いとひれ伏しそうになったけど、背に腹は代えられない。それに、この靴ではひれ伏すことすらできそうにない。

そっとレオナルド様の腕に手を添える。だけど、まったくといっていいほど足が前に出てくれない。

まったく動き出す気配のない私にレオナルド様は、ただ触れるだけの接触ではまだまだ安定感が足りないのだと、判断したようだ。

「……もう少し体重をかけてもらったほうが、いいかもしれない」

頭上から聞こえた声に、こくりと頷いて返す。そう言われて遠慮するのは野暮というものだろう。しがみつく勢いで腕に掴まってようやく身体が安定する。

「ありがとうございます、……っ」

ちらりと隣を見上げると、そこにあるのはミシェルと同じ紫紺色の髪と薔薇色の瞳。見慣れた色のはずなのに、髪の長さが違うからか、顔立ちが違うからか、ミシェルとは違う印象を受ける。

「まだ不安のようなら抱えていくこともできるが……」

「い、いいえ、大丈夫です。ばっちりです。お気遣いありがとうございます」

ぱちりと目が合って、思わず顔を逸らしてしまう。変にそわそわしてしまうのは、カイオス以外の男性にエスコートされるのが初めてだからに違いない。

そうして、応接間で私たちが来るのを待っていたのは、顔をヴェールで隠した女性だった。

頭から首までをすっぽりと覆う黒いヴェールは、喪に服しているのであればおかしくない代物だ。だけど着ているドレスは色鮮やかで、誰かの死を悼んでいるとは思えない。

なんともちぐはぐな装いをしている彼女は、私の三人しかいない友人の一人であるサラだ。

「ごきげんよう」

彼女が動くのに合わせてヴェールが揺れる。おそらく、こちらを見ているのだろう。だけど彼女の顔は完全に隠されていて、目がどこを向いているのかまったくわからない。

どういう構造をしているのか、こちらからはまったく見えないのに、あちらからはこちらがはっきりと見えているらしい。

「サラ様。本日は足を運んでいただき、ありがとうございます」

ミシェルがドレスをつまんで腰を曲げるのに合わせて、私も小さく頭を下げる。私の手はまだレオナルド様の腕に引っついているので、同じように動くことができなかった。

サラは遠く離れた異国の生まれで、我が国に来たのは三年前。

それから今に至るまで、彼女の友人は私しかいない。

彼女が社交性に欠けているというわけではない。ただ、とあるパーティーで粗相を働いてきた相手に、サラが彼女の生国に伝わる背負い投げをお見舞いしたからだ。

——しかもドレス姿で。

令嬢たるもの慎ましく淑やかに、という我が国に彼女が与えた衝撃はすさまじく、彼女はそれ以降、たくましくしぶといからという理由で、ほかの貴族から蒲公英《たんぽぽ》という異名で呼ばれるようになった。

基本的にそういった異名は、貴族同士で噂話をするときに隠語として使われる。蒲公英と呼ばれるようになったということは当然、噂話で名前が挙がる頻度も多かったということで。彼女のしでかしたことは瞬《また》く間に社交界全体に広がった。

その結果、彼女は遠巻きにされるようになり、私以外に親しい友人を作れなかったそうだ。

ちなみにパーティーの後から、彼女は目立ちたくないとヴェールを被りはじめた。友人が作れない理由が背負い投げにあるのかヴェールにあるのかはわからない。

「それで、本日はどのようなご用件で？」

どことなくミシェルの口振りがよそよそしいのは、私とサラは友人ではあるのだけど、ミシェルとサラは友人ではないからだ。

「もちろん、傷心の友人を慰めに来たのですよ」

ヴェールを被った頭がこてんと傾くのに合わせて、私もレオナルド様に片手を取られたまま、深々と頭を下げる。

「ありがとうございます。サラに来てもらえて、嬉しいです」

それからレオナルド様にエスコートされる形でソファに座り、続いてミシェルも私の隣に腰を下ろす。

ようやく私から解放されたレオナルド様は、サラに軽く挨拶すると部屋を出ていった。

バタンと扉が閉め切られるのを見計らって、再びサラが口を開く。

「……エミリア。カイオス卿とのことを聞きました。あなたのご友人にもお伝えしたのですが、迅速に動いてくれたようで何よりです」

……なるほど。

ちらりとミシェルを見る。カイオスの誕生祝いに呼ばれていなかった彼女が、どうして翌日には知っていたのかと不思議だった。あの場にはほかにも大勢人がいたから、噂が出回ってもおかしくはないけど、あまりにも早すぎると思っていた。

だけどどうやら、サラに聞いていたらしい。

サラがどうして知っていたのかは、気にしないことにしよう。

「念のために、エフランテ家のパーティーに私の手の者を忍ばせておいて正解でした」

気にしないことにした問いの答えが即座に返ってきた。

手の者、という言葉に顔をひきつらせていると、私の隣でミシェルが悔しそうに唇を尖らせる。

「私にも隠密行動に長《た》けた部下がいれば……今度、徹底的に教えこんでみようかしら……」

ミシェルはサラと友人ではないし、よそよそしいけれど、彼女を嫌っているわけではない。むしろ、尊敬の念を抱いてすらいる。

何故かというと、ミシェルが求めている武力をサラが持っているからだ。

さっき言っていた『手の者』は冗談ではなく、サラが従えている人々は隠密行動に長《た》けていて、彼女自身それを従えるだけの能力を持ちあわせている。

サラの国では男女問わず武力を身に着けることがよしとされているとはいえ、自分にはないものを持っているサラがミシェルにとっては羨ましくもあり、尊敬する理由でもあるようだ。

ふつうに友人になればいいのにと思うけど、そう簡単な問題ではないようで。何故だかミシェルはサラを前にすると対抗心を燃やしてしまうらしい。

「それと、手紙を預かったので……どうぞ」

サラから差し出された便箋を受け取り、端に書かれた名前に自然と笑みが零れる。

記されていたのは、キャロル・レミントン。

私の三人しかいない友人の最後の一人の名前だった。

「私のことはお気になさらず。目を通していただいて構いません」

黒いヴェールの向こうから聞こえてきた声に甘えて、便箋から手紙を取り出す。

そこには、忙しくて会いに行けないけど私を心配しているということが、簡潔に書かれていた。

キャロルは手紙を書くのがあまり得意ではない。だからこそ、私のために必死に考えながらペンを走らせている姿が浮かんで、胸が温かくなった。

「わざわざ手紙を届けてくれて、ありがとうございます」

そっと頭を下げると、サラは気にしないでと言うように首を振り、憂鬱そうなため息を落とした。

「エフランテ家に手の者を直接忍ばせることができていれば、事前に対処のしようもあったはずなのに……ミシェルにはいらない苦労をかけさせてしまいましたね」

「いえ、そんな、サラのせいじゃないですから」

きっとヴェールの下では困ったように微笑んでいるのだろう。自らの不甲斐なさを悔いるような
サラの言動に、慌てて首を振る。

本当に、サラのせいじゃない。サラはこの件にいっさい関係していないし、婚約を破棄してきたのはカイオスだ。そのことに責任を感じる必要はどこにもない。

だけどそれでは納得しきれないようで、ヴェールの向こうからまっすぐな視線を感じた。

「エミリア。私の持つ権力は、この国の貴族に影響を及ぼせるほどのものではありません。それでも、私は大切な友人に力を貸したく思います。もしも何か――カイオス卿のことに限らず、困ったことがあればいつでも言ってください」

「ありがとうございます。そう言っていただけるだけで、嬉しいです」

私の友人は、本当に優しい人ばかりだ。

ミシェルは私を泊めてくれて、サラは私に起きたことをいち早く把握し、伝達してくれた。十分すぎるほど力を貸してもらっているし、世話になっている。

返せるものがないのが申し訳ない、と思いつつ頭を下げる。

すると、カタリと机の上に何かが置かれる音がした。

「それで、手始めにこちらをと思い、持ってきました」

顔を上げると、木造りの鞘に見えるものと黒い柄のようなものが置かれている。鞘らしいものの中に何が納められているのかは、きっと見るまでもないだろう。

「小刀です。あなたに粗相を働く者がいれば、こちらをお使いください」

どうしてサラは、私が考えないようにしていることを的確に突いてくるのか。

頬を引きつらせた私に構うことなく、サラは机の上に置かれていたそれを持ち上げて、鞘から中身を引き抜いた。

現れたのは、ナイフのような輝きを持っているのに私の知るナイフとは少しだけ形が違う、不思議な刃。

サラは照明を浴びてきらめくそれを私に見せながら、ゆっくりと口を開いた。

「私の母国では懐刀《ふところがたな》というのですが、あなた方には小刀、あるいは短剣とでも呼んだほうがわかりやすいでしょう。薄い作りですので横からの衝撃には気をつけて――」

「いや、いやいや、サラ。ちょっと待ってください」

目を丸くしている私を気にせず滔々と説明をしはじめたサラに、慌てて待ったをかける。

「本当に、心から、サラの気持ちは嬉しいのだけど、これは貰っても扱いに困るというか……武芸の心得がない人が生半可な武器を持っても逆効果と言うし、だから、その、つまり。お気持ちだけでありがたいです」

心の底からそう思う。

剣の心得はないし、私が持っていても宝の持ち腐れだ。

「そうですか。あなたがそう言うのでしたら、しかたありませんね」

サラの膝の上にある鞄に小刀が戻されるのを見て、ほっと息を吐く。

彼女の気が変わらないうちにさっさと話を変えよう。

「あー、と、サラのほうはどうですか？　何か困っていることはありませんか？」

「つつがなく。しいてあげるとすれば、私の大切な友人が傷つけられたことぐらいでしょうか」

「それは、まあ、あ、でも、今はそこまで気にしていないので、大丈夫です。ミシェルにもいろいろとよくしていただいているので……」

危ない。やぶを突いて蛇を出すところだった。

サラは一国の王女であり、留学という名目で我が国に滞在しているけど、実際の目的は貿易だ。

彼女の生国は長い航行を可能にする造船技術を得て、十数年前から海を渡り商売をしている。

そして、販路拡大を求めて我が国に訪れた。まだ十代のサラが責任者ではなめられるからと、公にはしていないけど。本来の目的はすでに達成しているとはいえ、責任ある立場のサラが私を思ってカイオスに何やらしでかしたら、せっかく結んだ我が国とサラの生国との関係にひびが入るかもしれない。

さすがにそこまでしない――と言い切れないのは、三年前の背負い投げ事件があるせいだ。

あれは当事者が許したのでうやむやになったけど、また問題を起こしたらどうなるかわからない。

「それで、最近はこれまでできなかったお洒落を楽しもうと思っています」

さくさくっと話を変える私に、サラのヴェールが緩く傾く。

おそらく、首を傾げているのだろう。

「お洒落、ですか？」

「はい。これまではいろいろと事情があってできなかったのですが、ログフェル家にお邪魔している間は羽目を外そうと思いまして」

サラには私のお母様やお父様の話をいっさいしていない。

お母様の騒動は十数年も前の話で、海の向こうから来たサラは知らないだろうし、わざわざ話すようなことでもないと思ったからだ。

――ほかの人たちのような偏見の目をサラに向けられるのが嫌だった、というのもあるけど。

サラは私の言葉にふむ、と小さく呟くと鷹揚に頷いた。

「そうなのですね。どうりでこれまで見たことのない恰好をしていると思いました。そういうことでしたら、私もお力添えできるかもしれません」

サラが話すのに合わせて、緩やかにヴェールが揺れた。その向こうにある顔が、何故だか微笑んでいるような気がして、ぱちくりと目を瞬《またた》かせる。

「優美な装いというものは、相応の装飾がなされているもの。となれば当然、体にかかる負荷も相応のものになります」

「え、ええと、それは、つまり?」

「必要なものは、どのような装いだろうと姿勢を保ち続ける体幹と、それを支える筋力です。私にお任せいただければ、天が降ろうと地が崩れようとも決して崩れることのない、美しい所作をご教授いたしましょう」

話の流れからして、教えられるのは所作ではないような気がするのだけど、自信たっぷりなサラの申し出を断ることはできなかった。

◇◇◇

お洒落とは忍耐である。そう言ったのがどこの誰なのかは知らないけど、それが正しいことを私は今、痛感している。

「エミリア。お疲れ様」

ログフェル家の庭園で息も絶え絶えになっている私に、ミシェルがそっと冷たい果実水を差し入れてくれた。爽やかな風味が喉を潤し、生きているという実感が湧いてくる。

その向こうで、生き生きとしたサラの声が聞こえてくる。

「さすがは私の大切な友人。ほんの一週間でここまで上達するとは。感無量です」

顔を完全に隠している黒いヴェールのせいでまったくわからないけど、言葉からすると涙ぐんでいるらしい。声色からはそういう感じがまったくしないけど。

がくがくする足を押さえつつ、私はサラを見上げた。

「とりあえずね、ハイヒールで運動するのは、いろいろと無茶があると思うの、です」

サラが、お洒落は体力と体幹からと言ってから、一週間。

訓練初日に、踵の高い靴で運動するなんて足首を痛めるから無理だと訴えたけど、慣れれば走ることも不可能ではないと説得されてしまった。そして本を頭に乗せて歩くという定番な練習方法から、無茶だと言いたくなるような訓練も行って——

今さらではあるが、一応もう一度無茶だと主張する私に、ミシェルとサラが顔を見合わせる。

そして小さく肩をすくめると、二人とも私のほうを向いた。

「ですが、エミリア。靴にもだいぶ慣れたのではありませんか？　私のおかげと言いたいところではありますが、ミシェル様の支えあってこそとも言えるでしょう」

「いえ、サラ様が素晴らしい指導をしてくださったおかげですわ」

事前に打ち合わせでもしていたのか、息をぴったり合わせて互いを褒め合う二人に、ぐむむと唸ることしかできない。

私の友人と友人が仲を深め合っているのはとてもいいことだ。たとえ、私という犠牲があったからこそだとしても。

そこに水を差すことはできず、私は黙って果実水のおかわりを貰うことにした。

「よし、休憩は終わりました！　次はなんですか？　背負い投げ？」

以前、話の流れでサラに背負い投げを教わったことがある。だけどそのときは踵の低い靴だった。

小刀の代わりになる身を守る手段を、と言われたら断れず、改めてハイヒールでの背負い投げを教わることになったのだけど、難易度が高すぎていまだ習得には至っていない。

足を折るか折らないかという次元からまったく進歩していないので、次は背負い投げの練習かと思ったのだけど。

「いいえ、エミリア。今日の訓練はこれで終わりにしましょう。この後は――」

パンパンとミシェルが手を鳴らすのに合わせて、いったいいつから隠れていたのか、ログフェル家に仕える侍女がいっせいに現れる。その手には、箱やらドレスやら。

「――お洒落の時間よ」

その言葉に目を白黒させると、ミシェルはそれは美しい笑みを浮かべて、私を室内に招いた。

運動を終えた身体は手早く湯あみをされ、すぐに着替えの間に通される。

そうして着せられたのは夜の闇を閉じこめたかのようなドレス。生地には星空のように瞬《またた》く宝石が編み込まれ、レースをあしらった袖口には、繊細な模様の刺繍。腰元を飾るリボンは金糸を織り込んだ生地を使っていて、歩くたびにふわりと揺れる。

緩く巻かれた栗色の髪は、複雑に編み込まれ、ハーフアップにまとめられている。それを飾るのは、ドレスに合わせた金糸で縁取りされた黒いリボンだ。

化粧は控えめに、だけど唇に引かれた紅は鮮やかで、自然と視線が吸い寄せられる。

「……これ、私？」

姿見に映る自分に呆然と呟く。いつもと変わらない体形のはずなのに、どことなく妖艶な雰囲気をまとっているようで――あまりの変貌ぶりに本当に自分なのかと疑ってしまう。

「色気って、作れるんだ」

「着飾った感想がそれで、本当にいいの？」

少しだけ苦笑がまざったミシェルの声に、鏡の中の自分がわずかに眉を下げる。

「いや、だって……私に色気なんて未来永劫無理だと思ってたから」

「そんなことないわ。大切なのは、あなたの魅力をどう引き出すかよ」

私の魅力を最大限引き出せていれば、カイオスとの結果も違ったのだろうか。

ふとそんなことを考えて、胸の奥が重くなる。

そんな私の内心を読み取ったのか、ミシェルとサラは胸を張ってくれた。

「どこに色気を感じるかなんて人によるものよ。色気の有無なんて気にすることないわ」

「ええ、そうですとも。そもそも、あなたは可愛らしく愛らしいのですから、それに加えて綺麗な装いをしてほしいと思うのなら、あなたの元婚約者が率先して動くべきだったのです。婚約者だからといって労力もかけず、ただ詰《なじ》るような方など忘れてしまいなさい」

その力強い言葉に、重くなった心が少しだけ軽くなる。

たしかに、二人の言うとおりだ。今さら考えてもしかたのないことだし、過ぎてしまったことはどうにもならない。カイオスのことを考えるのは意識と感情と時間の無駄だと割り切って、今はただ、ミシェルたちとの時間を楽しもう。

「ありがとう、二人とも」

「お礼を言われるようなことはしていないわ。私のほうこそ、お人形遊びをさせてくれてありがとう」

「私も楽しい時間を過ごさせていただいているので、お互い様です」

少しだけ照れたようにつんとすましながら言うミシェルと、ヴェールのせいで表情はわからないが、楽しげな声で答えてくれたサラに微笑む。本当に、よい友達を持った。

そこへ、コンコンとノックの音が響いた。

「楽しんでいるところ失礼するわね」

ログフェル夫人が部屋に入ってくる。彼女の手には二通の手紙があった。

「夜会の招待状が来たのだけれど、どうかしら？」

ログフェル夫人の視線はミシェルと、何故か私にも向いている。

ログフェル家に届いた招待状なら、私は関係ない。それなのにどうしてだろうと首を傾げると、彼女は柔らかな笑みを浮かべた。

「ダンスや衣装を身内で楽しむのもいいと思うわ。だけど、あなたの美しさは人前でこそ輝くものもあると思うの」

つまり、私のために招待状を用意してくれた、ということ？

驚きで目を瞠《みは》ると、ミシェルが顔をしかめた。

「母様。そういうことは事前に言っておいてくれないと困るわ」

「あらだって、教えていたらもっと根を詰めて練習していたでしょう？　それでは夜会がはじまる前に疲れてしまうじゃない」

「夜会の日取りは？」

「二週間後よ。準備するにはじゅうぶん……ではないかもしれないけれど、短すぎるということもないはず。……もちろん、無理強いするつもりはないわ。気が乗らないというのなら断りの連絡を入れるだけだから、気楽に考えてちょうだい」

そう言ってログフェル夫人は私の返事を待つように、口を噤《つぐ》んだ。

二週間後には、私が婚約破棄されたことは社交界全体に広まっているだろう。

婚約破棄という響きから、お母様の過去を連想している人もいるはずだ。お父様と同じように、お母様の娘でありながら婚約破棄されるとは、と考える人もいるかもしれない。

いずれにせよ、周囲からの好奇の視線は避けられない。

どうしようかと悩んで、ちらりとミシェルとサラを見る。

すると二人は心得たように答えた。

「私はエミリアが参加するのなら行くわ」

「二週間後……ですか。残念なことに、その日には所用があるので私は出席できないと思います」

間髪容れずに答えたミシェルと申し訳なさそうな声色のサラの姿に、少しだけ視線を落とす。

悩んだのは、ほんのわずかの間だけ。私はすぐに顔を上げて、ログフェル夫人をまっすぐに見つめた。

「お心遣いありがとうございます。ぜひ参加させていただきます」

いつまでもログフェル邸に引っこんでいることはできない。いつかは、どこかのパーティーに顔を出す日がくる。

ならせめて、私の友人がいる場所のほうが、落ち着いて臨める。

私の答えにログフェル夫人はにっこりと微笑んだ。

「わかったわ。なら、そうお返事しておくわね」

失礼したわね、と言ってログフェル夫人が部屋を出ていく。扉が完全に閉め切られてから、サラとミシェルが心配そうな目を私に向けた。

「本当によかったのですか？　夫人の厚意を無下にしたくないと思って受け入れたのなら――」

「そうよ。無理なんてする必要はないのよ」

そんな二人に慌てて首を振る。

「たしかに、ログフェル夫人の気遣いは嬉しかったです。でも、私が参加すると決めたのはそれだけじゃないんです。ミシェルがいるのは頼もしいですし、それに……二人に鍛えてもらった私をみんなに見せびらかしたくなりました」

この一週間は本当に大変だった。

綺麗にまっすぐ歩くために、椅子と椅子の間に張ったロープの上を渡るとミシェルが言い出したり、姿勢をよくするために、頭に水を張ったたらいを乗せて歩いてはどうかとサラが言ったり。

そして結局、二人の案を合体させて水を張ったたらいを頭に乗せて、細いロープの上を歩くことになって――自分は何をしているんだと遠い目をしそうになった。ちなみに、普通に失敗した。

さすがにそんな練習ばかりではなかったけど、ハイヒールに慣れていない私からしてみればどれも大変だった。だけど二人と一緒だったから楽しかった。

その成果を二人の――正確にはログフェル邸にいる人々の前だけで終わらせるのは、もったいない。

家に帰れば、これまでと変わらない毎日が待っている。

だから、私には素晴らしい友人がいて、その友人たちのおかげでこんなに変わることができたんだって、見せびらかせたくなったのだ。

「ごめんね、ミシェル。遊ぶためにお洒落したいって言ったのに……絶対に無理だって思っていた色気が作れたから、少しだけ欲深くなっちゃったのかも」

「いいのよ。その程度の欲、可愛らしいものだわ」

カイオスの誕生パーティーで向けられた視線や嘲笑も、お父様から向けられた失望も、この一週間思い出すことはなかった。友人と一緒なら頑張れると思えるようになったのは、二人と――そしてログフェル家の人たちのおかげだ。

「……サラもいろいろとよくしてくれてありがとうございます。あなたがいてくれたから、自信が持てました」

私の言葉にサラのヴェールがわずかに揺れる。

「気にしないで……と言いたいところですが、そこまで言うのならひとつ、お礼をしていただけますか？」

「お礼、ですか？」

「はい。あなたと友人になってからすでに三年が経過しています。そろそろ、ミシェル様に対するのと同じように砕けた口調で話していただけると嬉しいです」

ぱちくりと目を瞬《またた》かせる。

サラは一国の王女で、遠く離れた国での貿易を任せられるような立場の人間だ。本人曰く、兄弟姉妹がたくさんいるのでたいしたものではないらしいけど、それでもある程度の礼節は必要だと思って、敬意をもって接してきた。

だけど、そんなものは必要ないと――身分も何も関係ないただの友人として接してほしいと、サラは言っている。

「本当に、そんなことでいいの？　お礼じゃなくても、そうするのに」

「それでいいのではありません。それをお礼にしてほしいのです。大切な友人に気楽に接していただきたいという私のわがままを通すのですから、お礼としてお願いするのが適切でしょう？」

「でも、じゃあ……お礼はまた別にするとして、サラも私に敬語なんていらないから、それでおあいこってことにしない？」

「私にはこれが一番楽な話し方なのです。でも、私だけ敬語で話していたらエミリアは気にしてしまいますよね。だから、お願いしているのですよ」

たしかに、サラは敬語なのに私だけ普通に話していたら、落ち着かないかもしれない。

だけどわざわざお礼にするようなことかと言えば、違うような気もする。

悩む私を見て、ミシェルがそっと囁いた。

「あなたが、敬語を使わずにサラ様と話すのが負担だとしても、そうしてほしいと彼女は言っているのよ。あなたの精神的疲労を鑑《かんが》みたら、十分な見返りだと思うわ」

ミシェルの言葉に、サラのヴェールが縦に揺れる。それを見て、ミシェルがあでやかに微笑んだ。

「それに、こんなことに割く時間はないわ。夜会にあなたが参加するなら、あと二週間でダンスも振る舞いも完璧に仕上げないといけないもの」

忙しくなるわよ、と言うミシェルに、ぎょっと目を見開く。

そうだ、ダンス。舞踏会なら当然踊る必要がある。私にダンスを申しこんでくる人がいるとは思えないけど、そんな言い訳を二人は聞き入れてくれないだろう。

万が一にでも機会があるのなら、練習しておいて損はない。もしも誘われて踊れなかったら困るはず。そんな風に口々に言われて説得される未来が容易に想像できる。

たしかにミシェルの言うとおり、悩んでいる暇はない。サラに敬語を使わないことは、やっぱりお礼にはなっていないような気がするけれど、また今度改めてお礼をすればいいだけだ。

私は頼もしい友人たちに向かって改めて微笑みかける。

「わかった、じゃあサラ。改めて……これからもよろしくね」

「ええ、もちろん。末永く、よろしくお願いしますね」

黒いヴェールで顔色も表情もわからないけど、なんとなくサラが微笑んでいるような気がした。

第二章　咲き誇るために

「とりあえずは及第点といったところかしら」

夜会に出ると決めてから、あっという間に二週間が過ぎた。

私がダンスの教師に学んだのは最低限のことだけ。お父様が、カイオス以外とは踊らないのだから必要以上に学ぶ必要はないと、定番のダンスを覚えたらすぐに教師を解雇してしまったせいだ。

しかも、そのカイオスとは毎回一曲しか踊らなかったので、忘れてしまったステップも多い。

だから基礎以上の、踊る可能性のあるダンスはすべて学びなおすことになり——紆余曲折の末、なんとか見られるものになったと思う。練習のために鳴らしていた弦楽器から手を離したミシェルの満足そうな顔に、ほっと胸を撫でおろした。

すでに夜会は翌日で、これ以上練習する時間はない。サラは所用のためすでに帰宅してしまっている。もしもこれで駄目だったら、夜会では壁の花になるしかなくて、練習に付き合ってもらった時間が無駄になるところだった。

ちなみにダンスの練習に付き合ってくれていたのは、ミシェルとサラだけではない。

「レオナルド様、お付き合いいただきありがとうございます」

ずっとステップの練習を手伝ってくれていた彼に頭を下げると、レオナルド様は小さく首を横に振った。

「いや、礼を言われるほどのことはしていない。それに……俺もいずれはダンスを踊ることもあるだろうし、むしろちょうどよかった」

そう言って頬を掻く姿に、優しさを感じて再びお礼を言おうとすると、横からミシェルがズバリと言った。

「次期当主なのだからいずれでは困るわ。ダンスなんて減るものじゃないんだから、いくらでも踊って嫁を捕まえてきてちょうだい」

明け透けな言葉に笑ってしまう。

レオナルド様はこれといって親密な異性がいないらしい。

普通、侯爵家の嫡子で十八ともなれば、婚約とまではいかなくても近しい間柄の相手がいてもおかしくないのだが、レオナルド様はこれまでほとんど社交界に顔を出したことがない。

ログフェル家の騎士団に入団できる十七歳までは剣の鍛錬にひたすら勤《いそ》しみ、騎士団に入ってからも鍛錬ばかりしていたからだ。

いい加減に誰か娶《めと》ってくれないかしら、と以前ミシェルがぼやいていたのを覚えている。

もしもレオナルド様が誰とも結婚しないままログフェル夫妻が引退することになったら、ミシェルはログフェル家唯一の女性になってしまう。そうなると、現在ログフェル夫人が担っている役割を引き継ぐことになり、夫人同士の茶席に参加したり、今以上に貴婦人らしい振る舞いを要求されたりして、いろいろと面倒なことになるのだとか。

レオナルド様はミシェルの言葉に肩をすくめると、私を見下ろした。

「明日のパーティーに俺は参加しないが……健闘を祈る」

「あー……と、そう、ですね。ミシェルと、それにキャロルもいるから楽しめると思います」

真剣なまなざしで言うレオナルド様に口の端が歪む。

ここで頑張りますと意気揚々と言えたらどんなにいいだろう。だけど、もしダンスに誘ってくれる人がいなければ、壁の花になるしかない。

そして私は三週間前に、公衆の面前で婚約を破棄された身だ。余計な注目は集めたくないと敬遠されてもおかしくない。円満な婚約解消であれば、まだ話は違ったのかもしれないけど、有力な侯爵家の嫡子であるカイオスから婚約破棄された私に近づいて、カイオスの――ひいてはエフランテ家の恨みを買いたくはないだろう。

幸い、友人のキャロルも同じ舞踏会に出席するのだと手紙が届いたし、ミシェルもいるから一人ぼっちにはならないけれど、レオナルド様との練習の成果を出せるかはわからなかった。

曖昧な笑みを浮かべていると、レオナルド様の眉間に小さな皺が刻まれる。

「あー……いや、君が心配していることはわかる。でもきっと、大丈夫だ。エミリア嬢は……その、可愛いから、きっとダンスの誘いが列をなすだろうし……誰を選ぶかで、悩むぐらいではないだろうか」

「さすがにそれは言いすぎですよ」

ミシェルに以前注意されたことを生かしたのか、慣れない誉め言葉を口にするレオナルド様に自然と笑みが零れる。

「でも、励ましてくださってありがとうございます」

本当にログフェル家の人たちはいい人ばかりだ。この家の子になりたいという気持ちがむくむくと湧き上がってくるけど、口にすればすぐにでも養子縁組の――しかもログフェル卿が酔っぱらって書いたサインのある書類が出てきそうで、蓋をする。

「レオナルド様のお言葉に応えられるよう、頑張ってまいります」

私がレオナルド様の足を踏んだのは一度や二度ではない。

犠牲になった足のために、そして私のために時間を割いてくれたみんなのために、明日は踊ってくれる人を一人でもいいから捕まえようと改めて心に誓った。

◇◇◇

そして翌日、決意も新たに私はミシェルと共に夜会の会場を訪れた。

ログフェル家とゆかりのある伯爵家で開かれる夜会にはすでにたくさんの人が集まっていて、それぞれ見知った相手と会話を楽しんでいるようだ。

だけど私が会場に入ったとたん、視線がこちらに集中するのを感じた。

全員が全員というわけではないけど、扉のすぐ近くにいた人や、壮年の――お父様と同年代か、それよりも少し若い人たちが目を丸くしている。

「……マリエル」

ぽつりと漏れた小さな声。聞こえてきた名前はお母様のものだった。

呟きを漏らした人は、自分のパートナーに弁明しているようだ。先ほどの呟きよりも小さな声なので内容までは聞こえないけど、過去のお母様との関係を釈明しているのかもしれない。

「あなたのお母様は、よほどあなたに似ていたのね」

「そう、みたい」

ミシェルに呆れたような口調で言われて、頷く。

お父様以外にお母様に似ていると言われたことはない。いや、あるにはあるけど、お母様に似た顔立ちをしているのに地味というのを、何重にもオブラートに包んで言われた程度だ。

お母様のようにならないように、と私に華やかな装いを禁じていたお父様の試みは、どうやら有効だったらしい。

着飾ってようやく、私がお母様の娘であると再認識したのか、気まずそうに視線を逸らしている人もいる。

その様子を見て、ミシェルは眉間に皺を寄せて扇を口元に当てた。

「あなたの可愛らしさを称《たた》えてくれるかと思ったのに……これはこれで居心地が悪いわよね。あなたのお母様がどんな服を好んでいたのかも調べて、仕立てるべきだったわ」

不満そうなミシェルに苦笑しつつ、自分の衣装に視線を向ける。

今日私が着ているのは、ログフェル夫人とミシェルが新しく仕立ててくれたドレスだ。

私の瞳に合わせた緑色のドレスは白いフリルで飾られて、華やかさを演出している。首元には、湖のように澄んだ輝きを放つ薄水色の宝石と、情熱あふれる赤い宝石があしらわれたネックレス。そして緩く巻かれた髪を花飾りのついた髪留めが彩っている。

頭からつま先まで、私に似合うからとログフェル家から贈られたものだ。

私自身、鏡の中の自分を見て感嘆のため息を漏らすほどに美しく仕上げられている。

だけどよくよく考えてみたら、私とよく似ているお母様は、似合う服装も同じようなものだったのかもしれない。

似合うものを選べば選ぶほど、当時のお母様に近づいてしまったようだ。

——だけどそんなこと、今の私にはどうでもいい。

私は、ミシェルに視線を戻して微笑んだ。

「私に似合うと思って選んでくれたんだから、お母様に似ないように選ぶ必要なんてないよ」

お父様は、私がお母様に似ないようにばかり尽力していた。だけど、ミシェルとログフェル夫人はただ私のためだけを思って、このドレスを仕立ててくれた。その結果、お母様に似ていたからといってなんてことはない。嬉しいに決まっている。

ミシェルと顔を見合わせて微笑みあっていたところで、聞き慣れた声が聞こえてきた。

「エミリア……その格好は？」

忘れもしないし、忘れられない声。

振り向くと、私に婚約破棄を突きつけてきたときにも連れていた華やかな令嬢の横で、カイオスが瞬きを繰り返している。

「……カイオス」

思わず名前を呼んでしまったけど、それ以上は言葉が続かない。

婚約を破棄されたときの侮蔑を孕んだ冷たく鋭いまなざしを思い出して、体が震えそうになる。

だけど小刻みに震えるよりも早く、ミシェルの瞳が私に向いた。

堂々としていろと、そう言いたいのだろう。

ぐっとお腹に力を入れて、ミシェルとサラによる過酷な訓練を思い出す。天も崩れていないし、地も揺れてはいない。精神が揺らいだ程度で崩されるような姿勢は、学んでいない。

「ミシェルに見立てていただきました。似合うでしょう？」

私はミシェルのどや顔を真似て、ふふん、と胸を張る。同じような顔をできている自信はないけど。

「あ、ああ……うん、そうか……」

カイオスの歯切れの悪い反応に、小さく首を傾げる。

彼はいつだって堂々としている人だった。

王妃様の甥で、侯爵家の息子という立場にふさわしい自信の持ち主だ。

それなのにどうしたのだろうと悩んでいると、カイオスの口から憂《うれ》いに満ちたため息が零れる。

「俺のためにそこまでしてくれたのは嬉しく思うが……すまない。お前の気持ちには応えられない」

――何を言っているんだこいつ。

予想もしていなかった言葉に唖然としていると、カイオスはやれやれとばかりに苦笑を浮かべて肩をすくめた。

「お前が俺を惜しむのもわかるが、すでに婚約は解消されている。今さらどう頑張ったところでどうにもならないんだ」

なおも続くカイオスの言葉に、ミシェルの肩がぴくりと動いた。

もしも彼女の手に剣があれば、一振りのもとカイオスを葬《ほうむ》っていただろう。

幸い、ミシェルの手にあるのは剣ではなく扇。そのことに一瞬安堵しかけて、気を引き締める。屠《ほふ》ることはできなくても頬を叩くぐらいは扇でもできるはずだ。

この夜会はログフェル夫人と親しい人が主催しているとはいえ、もしここでミシェルが乱闘騒ぎを起こしたら大問題になってしまう。

彼女の今後の社交活動のためにも慌てて口を開こうとしたその時。

「エミリア！」

一触即発の雰囲気の中、高い声と赤みがかった金髪——そして見慣れた顔の友人が私とミシェル、カイオスの間に飛びこんできた。

「キャロル！」

私に抱き着くような勢いで割り込んできたキャロルが、まるでカイオスなど見えていないように、私に向かって微笑みかける。

それから、大きな瞳を潤ませつつ、唇を開いた。

「ああエミリア、あなたが辛いときに会いにいけなくてごめんなさい。だけどあなたのことを忘れたことは一日だってないわ。手紙だけなんて、あなたの顔も声も見られないもの。さみしくてしかたなかったわ。あらやだ、私ったら大切なことを言い忘れていたわ。あなたはいつも可愛らしかったけど、その装いも素敵よ。それにしても、こんな可愛らしい婚約者をどこにも連れていかないどころか、誘っても遊びすらしないくせにあなたを捨てるだなんて、婚約者の風上にも置けないわ。しかも聞いてちょうだい。私だけならともかく、私の婚約者まで招待されていなかったのよ。キースが招待されていたら私も便乗して行けたのにひどいと思わない？　きっとこれって陰謀よ。そうとしか思えないわ。きっと、自分の味方しか招待していなかったのよ。……ねえ、エミリアはどう思う？」

何か鬱憤を晴らすかのように言葉の雨を降らせる姿に、カイオスもミシェルもポカンとしている。

私は彼女の背を落ち着かせるように撫でつつ、苦笑した。

キャロルは伯爵家の生まれで、同格の伯爵家子息のキース様を婚約者に持つ令嬢だ。

そして彼女もまた、私と同じく友人が少ない。ただ、私やサラとは違い、お喋り好きなので言葉を交わす相手はたくさんいる。だけど親しいと呼べる間柄の相手は私か、彼女の婚約者ぐらいだろう。

それはこの一方的な言葉の波が原因、というわけではない。それも一因ではあるかもしれないけど、彼女が他の令嬢たちに忌避される理由はもっと別にある。

「キャロル、心配してくれてありがとう」

「いいのよ、エミリア！　気にしないで――」

私が囁くと、キャロルは頭を跳ね上げて首を横に振った。そこでようやく呆気にとられたカイオスとミシェルの姿が目に入ったらしい。

キャロルは愛らしい顔に、華やかな笑みを浮かべるとカイオスに視線を向けた。

「あら、いやだ。カイオス卿もいらしていたのね。私ったら失礼いたしました。まさか元婚約者がいらっしゃるだなんて思いもしませんでしたの。あっさり婚約者を鞍替えしておきながら、仲睦まじく話をされているだなんて誰も考えないでしょう？　どの面下げて、と思いますもの」

大きな青い目をさらに大きくさせて、口元に手を当てるキャロルに、カイオスの口の端がぴくりと動く。

これが彼女の強みであり、恐れられているところだ。歯に衣を着せないといえば聞こえはいい——いや、あまりよくないけど、つまりはそういうことなのだ。

彼女はどうしようもなく本音で話すし、空気が読めない。

今の言葉も嫌味のつもりではなく、本気で、本心でそう思ったから、口にしただけだと、私は知っている。

悪意がない、わけではない。悪意すらも隠さずに口にしてしまう。

そのせいか、彼女は社交界において鈴蘭と呼ばれている。見た目は可憐だが、毒がある、と。

カイオスは一瞬怯んだように間を開けたが、すぐに鼻で笑うようにキャロルを見下ろした。

「キャロル嬢。伯爵夫人になる立場なら、もう少し周りの様子をうかがうことを覚えたほうがよいのでは？」

しかし嫌味がたっぷり含まれている言葉に、キャロルは顔色ひとつ変えずに微笑み返す。

「キースは今のままの私でいいとおっしゃってくれていますもの。その他大勢の意見と大切な婚約者の意見でしたら、当然婚約者の意見を汲むべきだと思いません？　あらいやだ私ったら、婚約を破棄なさった方に大切な婚約者だなんて……そんな気持ちがわかるわけがない方に聞いてもしかたのないことでしたわね」

ちなみにこれも嫌味ではなく、本心からだろう。だけどキャロルはいつだってにこやかに笑っているだけなので、本気か冗談か嫌味かわかりにくい。

悪いことをしました、とあまり申し訳なさそうに言うキャロルに、カイオスはうんざりとした顔で深いため息を落とした。

「エミリア。以前から言っているが、付き合う友人を少しは選んだらどうだ」

「お言葉ですが……どのような権利があって、カイオス様は私の交友関係に口を出しているのですか？」

キャロルに何を言っても無駄だと判断したようで、カイオスの呆れを含んだ目が私に向く。

いつもなら言い返さず聞くことしかできなかったけど、今日は違う。

カイオスは私の友人全員を嫌っていて、婚約者だったときにも何度も同じことを言われた。友人は選ぶべきだと、侯爵夫人になるのならそれに見合った友人を作れと、何度聞かされたことか。

でも、もはやカイオスにとって私はなんの関係もない人だし、私にとってもカイオスは赤の他人だ。

私はキャロルとミシェルを背にして、彼に向かって口を開く。

「カイオス様はもう私の婚約者ではありませんし、それに先ほどの妄言――失礼いたしました。私があなたのために頑張った、というのも誤解です。私はただ、大切な友人と遊んでいただけで、あなたを惜しんだり、引き留めたいと思ったりなどしておりません」

よし、言い切った。

溜めこんできた鬱憤を吐き出した達成感に浸っていると、カイオスの薄水色の瞳が何度も瞬《またた》いた。

婚約者時代、私は彼の言葉を否定したことがない。友人について口を出されたときも「考えておきます」と返して、保留してきた。

だから反発されるとは小指の爪先ほども思っていなかったのだろう。

信じられないとばかりに繰り返される瞬きは、本当に目の前にいるのが私――エミリアなのかと疑っているようにすら見える。

「……破棄したとはいえ、俺とお前が婚約していた事実は変えられない。縁のあった者の付き合いを心配するのは当然のことだろう」

「私の交友関係がどうでも、カイオス様が気にかける必要はございません。それにミシェルもキャロルも由緒正しきお家柄。カイオス様に非難されるような方ではありません」

ログフェル家は辺境を守護する侯爵家で、キャロルの生家レミントン伯爵家も、長年国に仕えてきた家系だ。

素晴らしい人柄だと言えれば一番だけど、彼女たちの悪評は知られている。それにカイオスに、彼女らは私にとっては素晴らしいのだと主張しても、だからどうしたと鼻で笑うだけだろう。

「……まったく、せっかくの忠告を聞き入れないとはな」

カイオスは言葉を詰まらせたようにぐっと顔をしかめる。だけどすぐに持ち直した。やれやれとため息をつき、痛ましげなまなざしを私に向ける。

「お前の言うことが間違っているとは言わない。しかし由緒正しい家柄の彼女たちはそれぞれ――

由緒正しき家に嫁ぐことになる。その後、一人残されたお前がどうなるのか……考えたことはあるのか」

小馬鹿にしたようなカイオスの言葉に、顔をしかめる。

それこそ、カイオスには関係のないことだ。誰とも結婚できず、弟の厄介になりながら「昔はみんなでいっぱいお喋りして、楽しかったのよ」と揺り椅子に座って、膝に乗せた猫にしみじみ語ることになったとしても、カイオスには関係ない。

気合を入れて、そう言い返そうとしたところで――

「カイオス様。もうよろしいのではありませんか」

カイオスの横に立つ華やかな令嬢が初めて、口を開いた。

「あなた、喋れたの!?」

「喋れますが……それが何か？」

婚約破棄のときからこれまで一言も話さなかったから、つい思ったことが口をついてしまった。

目を丸くしている私に、彼女の深く透き通った青色の瞳に呆れの色が浮かぶ。

「お初に……ではございませんね。改めて、私はリコネイル国アシュフィールド侯爵の娘、アリスと申します」

細かな刺繍が施されたドレスをつまみ、優雅に礼をする彼女が口にしたのは、エフランテ家が守護する国境の先にある隣国の名前だった。

どうりで、見覚えのない顔のはずだ。

私はカイオスの婚約者だったからかパーティーに招待されることが多かった。

失礼のないように、主催者はもちろん、参加者の名前と顔を必死に覚えさせられていたのに、アリス様がどこの誰なのか、候補すら浮かばなかった。

カイオスも彼女も、婚約破棄の時には何も言わないし紹介すらしなかったので、実は以前どこかで会っていて、私が忘れているだけなのではと不安だったが、そうではなかったようだ。

ほっと心の中で胸を撫でおろしている私に気づかず、カイオスが訝しげにアリス様を見る。

「もういい、とはどういうことだ」

「カイオス様。言葉のとおりでございます」

口を挟まれたのが気に入らないのか、カイオスの眉間には皺が刻まれている。だけどアリス様はとくに気にしていないようで、口元に小さな笑みを浮かべた。

「このような方々と対等に言葉を交わしては、カイオス様の格が落ちるというものです。お喋り鳥でももう少し静かだと思われるような方と、社交の場には似つかわしくない殺気を放っている方……そして見目を整えただけの方。彼女たちと話す意義があるとは思えません」

浮かべている笑みは嘲り、ではない。憐憫だ。

私たちを見下すのではなく、哀れんでいる。

どうしようもない人たちだと、彼女の言葉が、目が、声が物語っている。

たっぷりと私たち三人を見つめた後、アリス様はウェーブがかった金髪を揺らして、カイオスに向き直った。

「それよりも意義のあることを……私と踊るほうが有意義だとは思いませんか？」

アリス様がそっと白い手袋に覆われた手を差し出すと、カイオスはうやうやしくその手を取った。

「ああ、そうだな。……お前はせいぜい、自分の未来を心配するがいい」

そうして最後に私に言い放つと、カイオスとアリス様は奏でられる音楽に合わせて踊っている集団の中に消えていった。

同時に、私たちに向いていた好奇の視線が散っていく。

「まったくリコネイル国の令嬢とは……ずいぶんな相手を捕まえたものね」

二人を見送ってから、ぽつりとミシェルが呟きを漏らした。ミシェルの性格を思うと、ほぼ初対面の相手にあんなことを言われたら嫌味の十や二十は言い返していたはずだ。だけどそれをしなかったのは、隣国との関係を慮《おもんぱか》ったからだろう。

自国の相手ならばどうとでもやりようはある。少なくとも、戦争にはならない。

だけど別の国の、しかも地位ある相手を敵に回すとなると話は別だ。

やりすぎれば国際関係が悪化するだろうし、最悪の場合戦争が起きるかもしれない。

ミシェルはふん、と鼻を鳴らしてから私の方に向き直った。

「まあいいわ。あんな人たちのことは忘れて、今を楽しみましょう。せっかく可愛らしくしたのだもの。ダンスのひとつぐらい踊らないともったいないわ」

「……誘ってくれる人がいるなら、だけどね」

あたりを見回すと、ちらちらとこちらを見ている人はいるけれど、声をかけてこようとする人はいない。それに視線のほとんどは、先ほどのやり取りについて詳細を聞きたいけど、下手に注目を集めたくなくて二の足を踏んでいる人たちだろう。

乾いた笑いを漏らす私に、ミシェルが優雅な笑みを浮かべた。

「そんなときのために、男性パートは履修済みよ」

「どんなときを想定しているの!?　それ、最悪の場合だよね！」

「むむ、私は男性パートは踊れないけど、キースなら貸し出せるわ」

「キャロルは張り合わなくていいから！　それにキース様に悪いから、大丈夫」

友人の友人が友人同士とは限らない。サラとミシェルだけでなく、ミシェルとキャロルもあまり仲がよくない。対抗心を燃やし合う二人に、全力で首を横に振っていると――

「キャロル」

知った声が割って入ってきた。少し気弱で優し気な声はキャロルの婚約者、キース様のものだ。

私たちが慌てて道を開けると、キース様は私とミシェルを気にしながらも、そっとキャロルに手を差し出した。

「ええと……もしよかったら、僕と踊ってくれないかな」

そう言う彼の顔に浮かぶのは、温かく優しい笑みだ。

キース様はとてつもなく穏やかな人で、キャロルのお喋りに根気強く付き合うし、彼女が行きたいと言ったところにはどこでもついていく。

家同士が決めた婚約者ではあるけど、二人が相思相愛なのは傍から見ていてもわかる。

「キャロルを借りてもいい？　一曲踊ったら、すぐ戻ってこられるようにするから」

申し訳なさそうに言うキース様に、こちらが申し訳なくなる。

一曲といわず、いくらでも踊ってきてほしい。

「あら、一曲だなんて……心の赴くまま踊ってきて構わないわよ」

ミシェルの言葉に同意するように頷くと、キース様は嬉しそうに顔をほころばせた。

きっと彼は私のダンス相手に貸し出されようとしていたなんて、露ほども思っていないのだろう。

胸が痛くなるので、これからも知らないままでいてほしい。

キース様に手を取られたキャロルが、私に視線を送る。

「……じゃあ、エミリア。あなたが誰とも踊っていなかったらすぐに戻ってくるから……なんとしてでも踊る相手を見つけるのよ」

「善処します」

キャロルとキース様が踊る集団の中に消えていくのを見届けてから、ひと息つく。

あの様子だと、私がこのまま一人で立っていたらすぐにでも戻ってきそうだ。踊る相手を見つけたいところだけど、誰と踊ればいいのだろう。

こちらを見ている男性に視線を向けても、即座に目を逸らされる。

「おかしいわね。結婚相手を探している人はいくらでもいるのに……一人二人ぐらいは声をかけてきてもいいはずよ」

ミシェルの言うとおり、未婚で婚約者のいない令息なんてたくさんいる。

幼いうちに婚約者を決める人は少ないからだ。私とカイオス、それにキース様とキャロルは小さな頃に婚約が決まったけど、普通は婚約を結んでから一年か、二年――場合によってはもっと短い婚約期間を経て、式を挙げる。

十年も二十年も婚約期間を設けて、その間によりよい相手が出てきてはたまらないからだ。

だからよほどの――この家しかないと判断した場合や、何かの契約を結ぶ際の条件とするぐらいでしか、子供同士の婚約は交わさない。

そのよほどの婚約を破棄されたのが、私だ。まあ、私の場合はこの家しかないと判断されたわけでもなければ、何かしらの契約を交わす関係でもなかったような気がするけど。

だけど、そんなよほどの婚約を一方的に破棄されたのだから、私に婚約を破棄されるにふさわしい理由があるのだと――結婚相手としては不適格だと思われていても不思議ではない。

私はこっそりとミシェルに囁く。

「私の家は子爵位と小さな領地しかないし……そうでなくてもカイオスとのことがあるから、結婚相手にするには問題があると思ってもおかしくないんじゃないかな」

「こんなに可愛らしいのに」

残念そうに言うミシェルに曖昧な笑みを返す。

カイオスには地味だからと婚約を破棄されたけど、地味じゃなくなったからといって相手が見つかるわけではない、ということだ。せっかく着飾ったのに壁の花では、訓練してくれたミシェルとサラ、そしてログフェル夫人と手伝ってくれた侍女たちに申し訳が立たない。

もうこうなったら、ミシェルと踊るしかないのでは。

自棄《やけ》になってミシェルの手を取ろうとしたところで、私の前にミシェルのものではない大きな手が差し出された。

「一曲、お願いしてもよいだろうか」

「……王兄殿下」

視線を上げて、肩に垂らすように緩く結ばれた青みがかった金色の髪――我が国の第一王子と同じ髪色に顔をこわばらせる。

手の持ち主は、現王様の兄であり、現王妃様の元婚約者……つまり、私のお母様に「そんなつもりはなかった」と振られた元王太子だった。

「え、あ、ええと……あ、ミシェルに、でしょうか？」

「いや、あなたに――エミリア・アルベールにダンスを申しこんでいるのだが……」

あわあわと挙動不審になる私に、王兄殿下も紫色の瞳をさまよわせている。

彼のことは、何度かパーティーで見かけたことがある。

挨拶程度ならしたこともあるけど、世間話をするような仲でもなければ、親しく話す仲でもなく、ましてやダンスに誘われるような仲でもない。

「私に、ですか？」

彼は王太子の座を辞してからは、公爵となって王家直轄の領地を任されている。お母様との醜聞でとんでもない大騒動こそ起こしたけど、それ以外では優秀だったからだ。

もしもまた問題を起こせばどうなるかわからないが、お母様に振られたのがよほどショックだったのか、なんの過ちも犯さずにおとなしく領地を統治しているともっぱらの評判である。

たしかもうすぐ三十五になるのだが、そうとは思えない容姿と王兄という立場。そして路頭に迷う心配のない、安定した土地の領主。

そんな彼は、醜聞について詳しくない女性には魅力的なようで、これから嫁ぎ先を見つける、あるいは何かしらの事情で結婚がなくなった令嬢、夫を亡くした未亡人とかに言い寄られているのを、夜会で見かけたものだ。

つまり、ダンスの相手なんていくらでも見つかるはず。それなのにどうしてわざわざ私に、という疑問が抜けず首を傾げると、王兄殿下が苦笑を浮かべた。

「私相手では不満だろうが……受けておいて、損はないはずだ」

紫色の瞳を伏せて小さく言葉を落とす彼に、疑問が深まる。

すると、背中にミシェルの手が当てられた。

「……ああ、そういうこと。エミリア、踊っていらっしゃい」

周囲を見回していたミシェルが何故か納得したように言う。いったい何がどうなっているのかわからないが、ミシェルが断言するのなら、従っておいて間違いはないはずだ。

小さく頷いて、差し出された王兄殿下の手におそるおそる自分の手を重ねる。

王兄殿下は安心したように小さく微笑むと、滑らかな動きで私をエスコートしてくれた。

踊る集団に加わりながら、自分の足と王兄殿下の足に神経を集中させる。間違って足を踏んだら大惨事だ。だけど下を向いてはいけないから、しっかりと顔を上げる。

するとと、王兄殿下の紫色の瞳と視線がかちあった。彼は形の良い唇を緩めて囁く。

「……男心とはやっかいなものでね。断られたらと思うと……一歩踏み出せないこともある。だが私と……十八も年上の相手とも踊るとなれば、断られる可能性は低いと考えるだろう」

その言葉にぎょっと目を見開く。

私は踊るのでせいいっぱいだというのに、声量に気をつけて話すことができるなんて器用な人だ。

「それにエミリア嬢。あなたは自分の婚約者ともあまり踊っていなかったから……踊ること自体あまり好きではないのかとか、そう考えてしまう者もいるのだよ」

たしかに、カイオスは夜会の際に、一曲終わればさっさと私のもとを去っていた。私は私でお父様に「婚約者以外の異性とみだりに接するな」と言われていたから、義理で誘われても断るしかなかった。

ただ、そんな事情を知らなければ、私がダンスを嫌いだと思われても仕方がない。

私が新たな発見に目を瞬《またた》かせると、王兄殿下がにっこりと微笑んだ。くるりとターンをされても、まったく彼の体幹はぶれない。

「友人同士で仲良く話している場所に踏み込むのも勇気がいるからね。だから、私との踊りが終われば、ダンスを申しこんでくる者が増えるはずだ」

「ご親切に、ありがとうございます。……ですが、どうして私に気を遣ってくださるのですか？」

私は彼の足を踏まないように必死になりながら、どうにかステップの合間に声を挟む。

臣下に降《くだ》った瞬間、振ってきた相手の娘。しかも私はそんなお母様がほかの男性との間に作った子供だ。私を見て、快い気分にはなれないはず。それなのにどうして、私をダンスに誘ってくれたのだろうと不思議に思う。

すると、王兄殿下はどこか困ったような表情になって、また囁いた。

「あなたに話したいことがあって……」

しかし、その言葉が終わる前に音楽が消えていく。私と王兄殿下は手を離して、互いに一礼する。

最後に、王兄殿下は先ほどよりも声を落として囁いた。

「時間があるときで構わないから……今夜、夜会が終わるまでにご婦人用の休憩室の先にある中庭に来てほしい」

そう言って王兄殿下が去っていく。

まるで物語の中のような誘い文句に目を瞠《みは》ったが、先ほどの彼の言葉を裏付けるように、すぐほかの男性がダンスを申しこんできた。

そのせいで追いかけることもできず、またダンスの輪の中に連れ戻される。

そのまま二、三曲ほど踊ってみたものの、ミシェルとサラの指導を守りながら踊るのは思っていたよりも神経がすり減って、体力の限界がやってきた。

「少し疲れたので、休憩してきます」

ミシェルたちに教わった口調や、態度を思い出しつつ、ダンスの相手を申し出てくれた男性に告げる。

すると男性は残念そうながらも快く解放してくれた。

さて、どうしようか。一応男性と踊ることができたし、十分に目標を達成できたと言えるはずだ。

ぐるりと見回すと、キース様と楽しそうに踊っているキャロルが目に入る。ミシェルはすぐには見当たらなかったけれど、彼女も誘われてどこかで踊っているのだろう。

そう思って気が付いた。

「あれ……？」

王兄殿下の姿がない。まさか、本当に中庭で待っているのだろうか。

途端にそわそわとした気もちになった。引く手あまたのはずの、そしてお母様と因縁があるはずの王兄殿下は何を伝えたかったのだろう。

「……すぐに戻ってくれれば、ミシェルも心配しないよね」

言い訳のようにそう呟いて、私はこっそりと王宮の中庭に向かった。


中庭はいくつものランプに照らされているが、薄暗い。だけど月明かりの下で見る花には、陽の光を浴びているときとはまた違った美しさがあった。

これまでは会場を抜け出して庭に行こうと思ったことすらないので、新鮮な気持ちになりながら庭を歩く。

きょろきょろとあたりを見回しながら歩いていると、探していた人物を見つけた。ベンチに腰かけて夜空を見上げている彼に声をかけると、ほっとしたように紫色の瞳が私のほうに向く。

「エミリア嬢。来ていただけてよかった。良かったらこちらに」

「……来ないかもと、思っていらしたんですか？」

「急な誘いだから、怪しいと思われてもおかしくはないからね」

自嘲気味に笑う王兄殿下も花と同じく、シャンデリアの下で見るのとはまた違った美しさがあった。私のお母様はどうやってこの人を篭絡したのだろうと考えてしまうほど。

王兄殿下は騒動を起こすまでは品行方正で優秀な人だったらしい。そんな人まで堕落させるとはとんでもない女だと、お父様が言っていたけど――

飛んでいきそうになった思考を元に戻そうと、軽く頭を振り私は勧められるまま王兄殿下の隣に腰かけた。

「それで、お話とは……？」

「あなたの婚約について……どこから話せばいいのか……私が、その、なんというか……あなたの母君に焦がれていた、というのは聞いたことがあるだろうか」

「え、あ、まあ、その、少しは」

少しどころではないぐらいお母様の悪行を聞かされている。だけど赤裸々に語ると、王兄殿下の心の傷を抉《えぐ》ってしまいそうだ。

濁しながら言うと、王兄殿下の顔に陰が落ちた。

「……恥ずかしい話だが、当時の私は若く……いや、若さのせいにしてはいけないな。優秀だともてはやされ、自分が正しいのだと信じて疑わず……初恋に浮かれてしまったんだ。だから、私の婚約者だった……今の王妃にとんでもないことをしてしまい、それに巻き込まれたのが、君の母君だったのだが……」

「あ、あの！　それは知っているので、大丈夫です。省いていただいて構いません」

苦しそうに、痛みをこらえるように話す王兄殿下に慌てて口を挟む。

少しという私の言葉に、詳細に話さねばという使命感を抱いてしまったのかもしれない。だけどそんな、自ら心の傷を抉《えぐ》りにいかれたら、こちらとしても胸が痛くなる。

慌てて止めると、彼は小さく瞬きを繰り返してから、話を続けた。

「そう、か。それで……私のせいで、王妃はあなたの母君を快く思ってはいなかった。だが君が生まれた際に、子供に罪はないと言いはじめたんだ。そして、あなたを許しているのだと周知するため、あなたと彼女の甥であるカイオスの婚約を決めたそうだが……それは聞いているか？」

「いえ、初耳です」

まったく知らない話に、ふるりと首を横に振る。

どうして王妃様が恋敵ともいえる女の娘と、自分の甥の婚約を許したのか。

その長年の謎が、まさかこんなところで明かされるとは。

お父様はもちろん知っているはずだけど、今まで私に話さなかったのは、王妃殿下に許されているからといって、お母様のように奔放に振る舞うかもしれない私に歯止めをかけるためだろう。そう危惧した可能性は、十分に考えられる。

わざわざ長年の謎を晴らしてくれたことに感謝を伝えようとすると、王兄殿下は首を振った。

「これだけではない。本題が……私があなたに話したいことは……」

そこで一度言葉を切ると、王兄殿下はぐっと唇を噛みしめた。そしておもむろに立ち上がると、何故か死地に赴くような意を決した表情で私を見下ろしながら、口を開いた。

「あなたの将来を心配しての婚約だったのにこんなことになって、本当に申し訳なく思っているのよ。許してほしいとは言わないけれど、理解してちょうだい。隣国との和平のためといってアリス嬢から婚約を申しこまれて、断るのは難しかったの。だけど、私としては、あなたとカイオスが円満に婚約解消することを望んでいたのよ。それなのに公衆の面前での婚約破棄だなんて、恥をかかせてしまって。……本当にごめんなさい」

口調を変え、しなまで作って話す王兄殿下に呆気に取られる。もしかしてこれは、王妃様の真似、なのだろうか。

時には頰に手を当ててため息を落とし、時には憂《うれ》うように目を伏せ、最後には申し訳なさそうに頭を下げる王兄殿下の姿に、私はただただ目を丸くするしかできない。

「……一言一句違わず、動作すらも真似て伝えるように言われたからで、今のは決して、俺の趣味などではないと、そこだけはわかってくれ」

顔を赤くして言う王兄殿下に勢いよく首を振る。

突如俺、と言い始めた殿下に「先ほどまでは、『私』と言っていませんでしたか？　素が出ていますよ」と言ったらよりいっそう辱めることになりそうなので、黙っておくことにしよう。

でもひとつだけ、どうしても言わないといけないことがある。

「……いきなりで驚いて頭に入らなかったので、もう一度お聞きしてもよろしいですか」

私のお願いに、王兄殿下は再び見事な王妃殿下の真似を披露してくれた。

王兄殿下の顔は、爆発してしまいそうなほど赤くなっている。今すぐにでも顔を手で覆い、うずくまってしまいそうな姿に、申し訳ない気持ちでいっぱいになる。

だけどちゃんと聞かないといけない話だったので、恥ずかしそうだからと流すことはできなかった。

――そこまで考えて、ふとあることに気づく。

「あの、思ったのですが……命令は遂行したのですから、二回目は再現でなくてもよろしかったのではないでしょうか」

思わずそう言うと、王兄殿下はぱちぱちと紫色の瞳を瞬《また》かせ、きょとんと呆けた顔をした後、はっとしたように目を見開いた。

だけどすぐに表情を引き締め、頭を横に振る。

「いや、王妃は自ら頭を下げるわけにはいかない立場のため、私に伝言を託した。それに、親子ほども年の違う相手に呼び出されたら緊張しているだろうから……あなたの緊張をほぐす助けになるために一言一句違わず、仕草すらも真似よと言っていた。そんな彼女の思いを、私の一存で勝手に曲げるわけにはいかない」

王族に連なる者は、そうやすやすと頭を下げない。ところ構わず謝罪すれば王家の威信に関わるからだ。それにもかかわらず、王妃様は私に――正確には私に伝えるために、王兄殿下の前で頭を下げたことになる。

だから王兄殿下が伝えたい王妃様の思いは、十分伝わってきた。

半分ぐらいは、婚約破棄をしてきた王兄殿下に対する嫌がらせがまじっていそうだけど、私のために心を砕いてくれたのは確かだ。その心遣いは本当にありがたく思う。

「そして私も……あなたに謝らなければならないことがある」

感慨深く王妃様のことを考えていると、王兄殿下が突然その場に跪《ひざまず》いた。

「私があなたの母君に言い寄ったばかりにこんなことになり、申し訳ない」

「いや、あの、頭！　頭を上げてください！　いや、立ってください！　大丈夫ですから……！」

頭《こうべ》を垂れる王兄殿下に、慌てて私も立ち上がって地面に膝をつく。

王兄殿下も、臣下に降《くだ》ったとはいえ王族に連なる方だ。やすやすと頭を下げていい立場ではない。

跪《ひざまず》くのは家臣が主人にするもので、国の最たる王族が下級貴族の私に対してするものではない。膝をついて謝るだなんて、前代未聞だ。

「いや、このまま話をさせてほしい。あなたが辱めを受けるに至った元凶は私だ」

「駄目です！　頭に入ってこないので、立って、普通に話してください！」

むしろ私のためだと思って立ってくださいと何度もお願いしてようやく、王兄殿下は立ち上がってくれた。

ふう、と息を整えて気を取り直す。それから、もう一度王妃様からの伝言を思い浮かべて、私は聞いた。

「それで、あの、隣国との和平のために婚約というのは……どういうことでしょうか」

するとなげな表情だった王兄殿下の表情ががらりと変わる。

紫色の瞳をきゅっと眇《すが》めて、王兄殿下は現在の我が国と隣国の状況について教えてくれた。

「現在、隣国であるリコネイル国とは停戦協定こそ結んでいるが、長く続いた緊張状態のせいか最近、国境沿いでの小競り合いが増えている。だがつい先日、和平のために姻戚関係を結ぼう、とあちらから申し出があり……アシュフィールド侯の娘――リコネイル王の姪と王妃の甥であるカイオスの縁談を持ちかけられた」

国王夫妻には、第一王子トラヴィス殿下がいる。なのに、隣国が声をかけてきたのはカイオスだった、ということに首を傾げる。

「カイオス様に婚約者がいることは、相手側には伝えたのですか？」

「ああ、伝えたのだが……これまでの歴史の中で生まれたわだかまりを解消するためにも、国境を守護する者同士結びつくほうがいいと突っぱねられ……婚約者、つまりはあなたに対する見舞金と、こちらに有利な和平条件を提示され、頑なに断り続けることはできなかった。それと――」

そう言って、王兄殿下は言葉を濁した。

恐らくはカイオスのほうも乗り気だったのだろう、と彼の表情で察する。

まあ、それはそうだろう。王妃様の心遣いで決まったなんの得にもならない婚約と、一気に隣国との和平まで結べて、家の評価が上がるかもしれない婚約。

そのふたつを比べたら、誰だって後者を取る。

ただ、先ほどの王妃様の伝言からすると、それでも『婚約解消』になるはずだったようだ。

「……破棄は、カイオス様の独断だった、ということでよろしいでしょうか」

「ああ。婚約の解消について話し合うための親書をアルベール家に送ろうとしていた矢先に、あのパーティーでの事件が起きた。突然だったから対処もできず……申し訳ない」

「王兄殿下が謝られるようなことではありません。カイオス様のしたことはカイオス様の責任で、王兄殿下の責任ではありませんから」

つまり、私との婚約以上に政略的な婚約だったけど、カイオスは本気でアリス様に惚れ、一日でも早く私との関係を断ち切りたいと思ったのだろう。

そして自らの誕生日を祝うためのパーティーで私との婚約を破棄したのは——もうすぐ婚約を解消される地味な女と、華やかな次の婚約者を比べて、晴れの日に彼女をエスコートしたかったからに違いない。

今日の傲岸なカイオスの様子を思い出して顔をしかめると、王兄殿下が続けた。

「そして王家からの詫び、というか提案なのだが、あなたさえよければ新たな結婚相手をこちらで用意できる。王妃自ら選定するとのことだから、あなたの出す条件に沿うこともできるだろう」

「なんでそんな、破格の待遇を……」

我が子爵家はお母様の生家である伯爵家の傍系としてはじまり、数代も前に与えられた子爵位と、猫の額ほどの領地を細々と受け継いでいるだけの家柄だ。

カイオスとの婚約ですら破格だったのに、結婚相手まで王家が斡旋するなんて普通では考えられない。

たとえ王妃様が子供にまでは——私には罪がないと考えているのだとしても。

すると王兄殿下が言いにくそうに言葉を紡いだ。

「このたびの……カイオスがあなたにしたことに対する詫びだからだ。王妃は……あなたと同じく、婚約を破棄された身。だから彼女はあなたにひどく同情している。だが大々的にカイオスを罰すれば、リコネイル国は前言を翻《ひるがえ》すかもしれない。だから、和平が無事に結ばれるまでは手出しすることができない。幸い……とは言えないかもしれないが、招待されていたのはエフランテ家に連なる者たちだけで、婚約破棄について知る者は少なく、すでに緘口令も敷いている。表向きは婚約解消という運びになるが、あなたにとっては納得しきれないだろうし、辛い経験だったことに変わりはない……」

そこで一度言葉を切ると、王兄殿下は苦しそうに顔を歪めた。

つまり、カイオスがアリス様と無事に結婚するまでは何もできないから、口を閉ざしてほしいということなのだろう。

理由が理由だし、危惧していた婚約を破棄された令嬢というレッテルを貼られないのだから、王家の決定に不満はない。

だけど、しがない子爵家の娘一人ぐらい権力で涙を呑めと黙らせることができるのに、どうして王兄殿下は不甲斐ない自分を責めるように、苦しそうな顔をしているのだろう。

そしてどうしてこんな、真面目そうな人が婚約を破棄するまでに至ったのか、と改めて疑問に思う。

——私のお母様って、どんな女性だったのだろう。

これまでに何度も抱いた疑問を胸に、首を横に振る。

「……結婚相手は、今はまだ考えられません」

「そうか……なら、気が変わったらいつでも連絡してほしい。私に伝言を託してもらえれば、王妃にも伝えよう」

「いえ、結婚相手はいりません。代わりに……王兄殿下には苦しい思い出だとは思いますが、母が——私のお母様がどのような人だったのか……教えていただけませんか」

お父様はお母様のことを悪《あ》しざまに言うばかりで、年齢から考えればお母様を知っているはずのログフェル夫妻は、私に気を遣ってかお母様のことを話題にしない。

かろうじて、お母様と同年代のご婦人が私を見て懐かしそうに話をしてくれたこともあるけど、人によって言うことが違った。共通しているのは、毒花のような美しい人だったというくらい。

小さい頃は、顔も声も知らないお母様のことを少しでも知りたくて、聞いた話を少しずつ繋ぎ合わせ、私の中にお母様の姿を作ろうとした。

だけどできあがったのは、触れたら崩れ落ちそうなほどいびつなものだった。

でもこの人なら——お母様に恋をした人からなら、もっと違う話が聞けるかもしれない。

今度こそ、埋まり切らなかったお母様の姿を、完璧でなくても完成させることができるかもしれない。

私の提案が意外だったのだろう。王兄殿下は悩ましそうに眉をひそめている。

「……あなたは、本当にそれでいいのか？　こちらに気を遣っているなら、遠慮しないでほしい」

「いいえ、そういうわけではありません。……お恥ずかしながら、私はお母様の顔も声も知らないのです」

後妻であるライラ様を描いたものはあるのに、お母様の絵姿すら、我が家にはない。

「どのような人だったかも正確には知りません。だから、お母様と親しかったであろう王兄殿下にお話をうかがいたいのです」

そう告げると、王兄殿下はとまどうように視線をさまよわせ、眉尻を下げた。もっと別の、有意義なものを求めたほうがいいと助言するべきか悩んでいるのだろう。

だけど私は、本気でお母様のことを知りたいと思っている。

お母様についてお父様に聞いたところで結果は知れているし、ほかの人に聞いても意義のある情報は得られないだろう。それに、私がお母様のことを聞きまわっていると知ったら、お父様はあの女を知ったところで無意味だと言って怒るはずだ。

お父様の言うとおりにしないと決めた今だからこそ、お父様との接点がほとんどないこの人相手だからこそ、聞くことができる。

じっと見つめ続けると、王兄殿下は根負けしたように小さく息を吐いてから、柔らかく、優しげな笑みを浮かべた。

「それでは、話すとしよう」

少し長くなるから、といって再びベンチを勧められる。ベンチに二人して腰掛けると、王兄殿下はゆっくりと語り始めた。

「あなたの母君は……貴族らしからぬ人だった」

彼の目が懐かしむようにどこか遠くを見る。その瞳にはきっと、かつての日常が――お母様と過ごした日々が映っているのだろう。

「楽しければ楽しいと笑い、つまらなければつまらないと零し、悲しいときには頬を涙で濡らす。彼女は心の赴くまま生きていた。……だが彼女の生家は厳格な家で、そんな在り方を、彼女の両親は快くは思っていなかった。時折寂しそうに微笑んでいたのを覚えている」

彼の語り口調は優しい。本当にお母様のことが好きだったのだと、伝わってくる。

お母様の父――つまり私の祖父にあたる人は、戦時において武勲を最も立てた人だったらしい。王からの覚えのよい伯爵家の娘だったお母様と、王太子だった王兄殿下。顔を合わせる機会は多く、言葉を交わすことも多かったはずだ。

そうした日々の中で、王兄殿下はお母様に想いを寄せたのだろう。

――だけど王兄殿下が婚約破棄をしたときには、お母様はすでに将来を有望視されていた男性たちとの仲を噂されていたはずだ。お母様が様々な男性と親しくしていたことを王兄殿下が知らなかったとは思えない。

私はまだまだお母様との思い出を語ろうとする王兄殿下の言葉を遮った。

「不躾ですが、ひとつお尋ねしてもよろしいでしょうか。……その、どうして王兄殿下はお母様を……娶《めと》ろうと思ったのですか？　お母様が多くの男性に想いを寄せられていたことをご存じではなかったのですか？」

　答えられる範囲で構わないので教えてもらえると嬉しいと付け加えると、王兄殿下はぎゅっと眉根を寄せてから、困ったように微笑んだ。

「彼女が、その令息たちとは結婚したくないと言っていたからだな。両親の意向で手紙などのやり取りはしているが、どの殿方も好みではないから困っている……だが、両親の期待を裏切るわけにもいかずどうすればいいのかと、相談されていたんだ」

　当時の彼は王太子で、しかも婚約者のいる相手になんてことを相談していたのだ、と顔が引きつる。

　それに、王兄殿下が婚約破棄騒動を起こした後も、お母様は気にすることなく社交界に顔を出し続けたと聞く。結局のところ、お母様にとって王兄殿下は、ただの相談相手でしかなかったということだろうか。

　どう返したものか悩んでいると、王兄殿下は苦笑しながら肩をすくめた。

「彼女は大輪の薔薇よりも野に咲く花を好む人で、どこにでもあるような花でも喜んで受け取ってくれた。だからあの時、臣籍降下を受け入れた私は、条件など関係なく、彼女への愛を誰よりも示した私自身を好んでくれるのではと……傲慢にも、そう思ってしまったのだよ」

　素朴なプレゼントでも満面の笑みで受け取り、嬉しいと笑いながらも、誰にも心を預けなかったお母様の姿を思い浮かべる。

たしかにその姿は天真爛漫に見えるだろうし、計算高くも見えるだろう。

これまで繋がらなかったものが繋がっていく。

王兄殿下に見せていた姿が本心なのか、計算だったのかは今となってはもうわからないけど、初めて思い描くことができたお母様の姿に、胸が苦しくなった。

だけど、嫌ではない。泣きたくなるぐらい苦しいけど、温かくて、埋まらなかった心が満たされるような気がして——

零れそうになった涙をこらえようとぐっと目に力をこめて、王兄殿下を見上げた。

「王兄殿下は……今もまだお母様のことを想い、独身を貫いているのですね」

お母様のことを語る彼の紫色の瞳には哀愁が宿り、口元に浮かぶ微笑は自嘲めいている。だけどその中には、たしかにまだお母様への愛情が残っているように見えた。

彼は多くの女性に言い寄られているのに、いまだ独身のままだ。それはきっと、結婚し駆け落ちしたお母様が彼の心に住んでいるからではないだろうか。

しかし、そう聞くと、王兄殿下はわずかに耳を赤らめた。

「いや、それは……恥ずかしい話なのだが……私が女性たちから婚約を断られているだけだよ。私は大それたことをした身だからね。王家の土地を任せられてはいるが、収入の大部分は王家のもので、私が個人的に動かせるのは微々たるものだ。それでもいいと言ってくれた女性もいたが……ご両親が反対した。また結婚間近で婚約を破棄されたらたまらないと、そう思ったのだろう」

「あ、その……ご、ご愁傷様、です」

「いや、自らしでかしたことだからね。それに私が結婚しなくても、弟――陛下のところにはもう三人も子供がいる。私に子がなくとも誰も困らないのだから、問題はないよ」

ははは、と笑う王兄殿下の声は空虚なものだ。藪をつついて蛇を出してしまったような気まずさに、言葉が見つからない。

硬直した私に、王兄殿下が締めくくるように言った。

「……少々話しすぎてしまったね。私が言うことではないし、言う権利もないが……君がカイオスのことは気に留めず、これからの人生を楽しめることを願うよ」

「お心遣い、ありがとうございます」

その優しい言葉に頭を下げる。すると王兄殿下は少々虚ろだった瞳を、元の優しい色に戻して会場である伯爵邸を振り返った。

「あなたの友人が心配しているだろうから、そろそろ戻ったほうがいいかもしれないね」

「王兄殿下はどうされるのですか？」

「共に戻ると余計な詮索をされるだろうから、私はしばらくここで時間を潰してから戻るとするよ。……また何か、困ったことがあればいつでも連絡してほしい。力になると、約束しよう」

そう言って立ち上がると、王兄殿下は騎士がするような礼の姿勢をとった。それも跪《ひざまず》くのとたいして変わらないと言いかけそうになったけど、寸でのところで止めて感謝の言葉だけを告げる。

ゆっくりと彼の元から立ち去りつつ、王兄殿下の言葉を思い返す。

王兄殿下は、結婚に至らない理由を自分の生活やこれまでの行動、そして動かせるお金の少なさだと言っていたけど、それがすべてではないはず。

恨みもせず、お母様についての幸福な思い出を語る彼は、まだ真っ当な恋なんてしたことがない私から見たって恋をする表情をしていた。

彼がいまだにお母様のことを想っていることを察して離れていった女性もきっといるに違いない。それでもお母様を一心に想い続ける王兄殿下は、とても素敵に見えた。

何もかもをかなぐり捨ててお母様を愛することができた彼が、なんだかすごく——羨ましい。


次第に速足になり、急いで会場に戻った私は、一人で佇んでいるミシェルの姿を見つけると、すぐに駆け寄る。

「ミシェル！　私、恋がしたい！」

小さな声で胸に抱いた思いを打ち明けると、ミシェルの薔薇色の瞳がぱちくりと瞬《またた》いた。

どうやら想定外だったようだ。

「……恋って、突然どうしたの」

「誰かを本気で好きになったり、好きになられたりするのっていいなぁって思っただけだよ」

カイオスとは好きになるとかならないとか以前に、まずどうやって親睦を深めるかで頭を悩ませていた。

一目惚れしていたとか、劇的な何かがあったのなら話は違ったかもしれないけど、残念ながらそういうこともなかった。結婚する相手だと考えはしていたけど、恋愛するかどうかを考えたことはない。

そう言うと、ミシェルは何度か目を瞬《またた》かせてから頷いた。

「まあ、あなたが前向きならいいわ。お相手の目星はついているの？」

一昔前まで我が国は、両家話し合いのもと、厳格なルールに従って結婚していた。だけど皮肉にも王兄殿下の婚約破棄をきっかけに、自由恋愛の風潮が広まった。

まあ、自由とはいっても家同士の繋がりには変わりないので、両家の当主が了承すれば結婚し、反対されたら説得するなり、諦めて親が認めてくれる相手を選んだりする。

ままならない点はまだまだあるけど、それでも結婚に対する自由度が上がったといえるだろう。

だからカイオスとの婚約を破棄された私は、自由に恋愛する権利を手に入れたわけだけど——

「困ったことに、まったく。カイオス以外の男性との付き合いはなかったから……」

恋がしたいと思っても、相手がいなければ恋ははじまらない。

婚約者以外の異性とみだりに話すな目を合わせるなというお父様の教えにより、私が話したことのある男性はカイオスとキース様、レオナルド様。あとは、子爵令嬢の立場でご挨拶をしてきた相手ぐらいだ。

ミシェルは私の言葉に少し考えるようにしてから微笑んだ。

「そう……。ならまずは、特訓ね」

「特訓？」

サラとミシェルの指導のもと行われたあれこれを思い出して、首をかしげる。

恋をするのに転ばないようにしたり踊ったり、まっすぐ歩く練習をする必要はない。恋のための特訓とはいったい？　そう思っているのがミシェルにも伝わったのだろう。

ミシェルは視線だけを周囲に這わせ、小さく肩をすくめた。

「悪い男に捕まらないように、多少は男性に慣れておいたほうがいいわよ」

「踊ったり話したりは今でもできるよ」

親密な男性がいないというだけで、男性が苦手なわけではない。

わざわざ練習する必要があるのだろうかと首を傾げると、ミシェルが手にした扇でダンスの輪の中で踊る二人を指した。

「たとえば……あんなふうに必要以上に体を近づけて踊ろうとする殿方に、あなたならどう対処するのかしら」

「――サラに教えてもらった背負い投げなら」

「却下」

考える素振りすら見せずに一蹴され、心の中でサラに謝る。せっかく教えてもらった背負い投げだけど、披露する場面はなさそうだ。

「武力だけが男性をあしらう方法ではないのよ」

「……それは知っているけど……ならどうすればいいの？」

きっぱり拒絶したら恨みを買うかもしれないし、やんわり咎めても伝わらなければどうにもならない。ううむ、と悩んでいると声が割り込んできた。

「ミシェル。それに……エミリア嬢。楽しんでいるかい？」

そちらを見ると、そこにいたのは青みがかった金髪に銀色にも見える灰色の瞳の青年と、白銀の髪に琥珀色の瞳をした青年の二人組だった。

慌てて頭を下げる。彼らは『子爵令嬢としてのエミリア』が挨拶をしなければいけない相手、我が国の第一王子トラヴィス殿下と、アステイル帝国の皇太子ラファエル殿下だ。

「あら、ちょうどいいところに来たわね。悪い男代表とその友人」

ひぇっと上がりそうになる悲鳴を抑えて言葉を失っていると、すぐ横にいるミシェルがいつもと変わらない様子で、とんでもないことを言い出した。

悪い男代表と呼ばれたラファエル殿下が苦笑し、その横ではトラヴィス殿下が困ったなぁというような笑みを浮かべている。

「悪い男代表とは人聞きの悪い」

「あら、あなた様を歓迎するためのパーティーで起きた騒動をお忘れで？」

そう言われたラファエル殿下が肩をすくめる。

アステイル帝国から、ラファエル殿下が我が国を訪れたのは三年前のことだ。

当時の彼は十五歳という多感な時期だったからか色々と浮かれていて、夜会でサラにちょっかいをだしたあげく、背負い投げをお見舞いされた。

アステイル帝国は大陸のほぼ半分を国土として持つ大国で、サラは他国の出身とはいえ我が国で起きたことだから、国際問題かと騒然となった。だけど、意外なことにラファエル殿下はサラの行いに大笑いをして、非礼を詫びた。

しかもラファエル殿下はサラを気に入ったようで、三年経った今も帝国に帰ろうとしていない。

「挨拶はこのぐらいにしておきましょう。あなたたちには悪い男代表としてエミリアの――」

「いやいや、まって、ミシェル。さすがにそれは恐れ多すぎるよ！　トラヴィス殿下もラファエル殿下も突然そんなことを言われたら気を悪くするだろうし……」

「ミシェルが突拍子もないことを言い出すのは今さらだから、気にしないで」

ひええと内心で悲鳴を上げながら待ったの声をかけると、トラヴィス殿下が物腰柔らかに言いながら、これまた穏やかな笑みを浮かべた。

だけど、気にしないなんて無理だ。ミシェルはトラヴィス殿下と幼少からの付き合いらしいけど、私はそうではない。

ミシェルの友人として、そして貴族の一員として挨拶をしたことがあるぐらいの関係で、男性に慣れるための練習台になってくださいとお願いするには、私の心臓は脆《もろ》すぎる。

ラファエル殿下とは三年前の背負い投げ騒動をきっかけに何度か話したことはあるけど、それだけだ。私の特訓相手を務める理由もなければ、義理もない。

慌てふためく私に、ラファエル殿下がやれやれとばかりに頭を振り、ミシェルを見つめた。

「何を企てているのかは知らんが……少なくとも、エミリア嬢が落ち着いて接することができる相手のほうがよいのではないか？」

「あなたたちをあしらうことができれば、怖いものなしになると思ったのだけど……」

ミシェルの言葉にぶんぶん首を横に振る。

「むしろ第一段階から怖すぎて挫折しそう」

「そこまで怖がらなくても……僕は王太子とかではないし、ただの王子として接してくればいいよ」

まず、ただの王子というだけでも怖い。

だけど、戦々恐々としている私にトラヴィス殿下が悲しげに瞳を伏せるのを見て、慌てて姿勢を正し、彼に向き直る。

「トラヴィス殿下、いえ、怖いというのは少々言いすぎましたが……その、私の特訓相手をしていただくにはあまりにも恐れ多く……」

「そんなに緊張しないで。ほら、ミシェルみたいに接してくれればいいから」

すると、トラヴィス殿下がそっと私の手を取って、柔らかな微笑みを向ける。その手の感触だけで卒倒しそうだ。これをどうやってあしらえばいいのかと、涙目でミシェルに助けを求める。

すると彼女は紫紺の髪を掻き上げながら妖艶に微笑んだ。

「殿方の前で目を潤めるのは、いざというときに取っておきなさい」

「そういうことを聞きたいのではないと思うが」

呆れたように言うラファエル殿下に、ミシェルが「わかっているわよ」と涼しい声で答えた。

わかっているのなら助けてほしい。緊張のあまり、触れている手を叩き落としてしまいそうだ。

不敬すぎるので、これでもかと体をこわばらせて耐えているけど、限界は近い。

「しかたないわね……この二人はエミリアにはまだ難易度が高かったようだから……そうなると、誰が適任かしら」

悩んだかと思ったら、すぐにミシェルの口元に笑みが浮かぶ。

どうやら答えが出たようだ。

◇◇◇

夜会の翌日、私の練習相手にとミシェルが連れてきたのは、彼女の兄であるレオナルド様だった。

「堅物なら手を出される心配もないし、どうかしら。兄様も女性の扱いに慣れておいたほうが嫁の一人や二人ぐらいは捕まえられるようになるでしょうし、悪くはないと思うのよね」

「嫁は一人で十分だろ……」

ソファにふんぞり返る勢いで胸を張り堂々と座るミシェルとは対照的に、レオナルド様はその隣でがっくりとうなだれている。

どうしたものか。男性に慣れる必要があるというミシェルの言には一理あるけど、嫌がっている人に付き合ってもらうのは気が引ける。

レオナルド様のためにもここは断るべきだろう。

「あの、レオナルド様……ご迷惑でしょうから、やっぱり……」

「ああ、いや。迷惑だとは思っていない」

だけど、私が断る前にレオナルド様が苦笑しながら顔を上げた。

「ミシェルに振り回されるのはいつものことだから、気にしなくていい。……それに、慣れたほうがいいという考えも、あながち間違いではないとは思うから……君さえよければ引き受けよう」

じっとこちらを見つめる真摯な瞳に意を決して頷くと、ミシェルが満足そうに手を打ち鳴らした。

「なら、決まりね。まずはお茶を嗜むところからはじめましょう」


——ミシェルの言葉に従い、私たちは王都で流行の喫茶店に足を踏み入れることになった。

「たしかに、お茶を嗜むところだけど……」

どこを見てもきらきらした空間に圧倒されながら席につき、周囲を見回す。

てっきり、ログフェル家でお茶を囲むのかと思っていたけど、違った。

流行を身近に感じるのはもちろん、流行に慣れるのも大切だというミシェルの主張により、これまで来たこともない場所に来ることになったのだ。

貴族ご用達の店だからか、調度品から茶器にいたるまでのすべてが高級品で揃えられている。天井に吊るされたシャンデリアのきらめく輝きが店内を光で満たし、質のよい服を着た給仕人が銀のトレイを片手に歩いていて、慣れない環境にそわそわしてしまう。

「レオナルド様……大丈夫ですか？」

こういう場に慣れていないのはレオナルド様も同じなようだ。

私の向かいに座った彼は、石像になってしまったのではと思ってしまうほど身体をこわばらせている。

「あ、ああ、いや、すまない。どうにもこういった場は不慣れで……」

レオナルド様が居心地悪そうに視線をさまよわせているのを見て、私も周りを見回してみると、デートか何かの最中と思わしき男女が目に入った。しかも、一組二組だけではない。

甘いのはケーキの香りだけではないようで、恋人同士の甘い空気が店内を占領している。

必要最低限しか夜会に顔を出さず、実の妹から堅物と言われているレオナルド様には、たしかに居心地の悪い環境かもしれない。

私はこくりと頷いて、レオナルド様にだけ聞こえるように声を落とす。

「なら、お茶だけいただいてすぐに出ましょう。二人でお茶をしたという実績があれば、ミシェルも納得してくれると思いますし」

「……いや、俺のことは気にしないでくれ。ケーキもうま――おいしいと評判らしいからな」

レオナルド様はそう言ってくれたけれど、やはりその表情は硬い。優しいのは大変うれしいけれど、無理をしてほしいわけではない。

「レオナルド様は、甘いものがお好きなのですか？」

「いや、あまり……ではなく、嗜む程度には」

私の問いに言い繕うレオナルド様。きっとミシェルにいろいろ言われたのだろう。

何度も喋り方を注意されるレオナルド様の姿が目に浮かぶ。

――だからきっと、最初のほうが本音のはず。あまり甘いものが好きでないのなら、無理に付き合わせるのは申し訳ない。

「でしたら、ここはお茶だけですませてレオナルド様がお好きなものを食べにいくのはいかがですか？　私は甘いものも辛いものも好きなので」

あえて、評判のケーキにこだわらなくてもいい。

ミシェルはたぶん、甘い空気にも慣れるようにと思ってここを選んでくれたのだと思うけど、無理をする必要はないはずだ。

そう思って提案してみたものの、レオナルド様は首を横に振り、私から視線を逸らして呟いた。

「……いや、ここで食べよう。せっかく来たのだからな。それに……その、なんだ、エミリア嬢と一緒だと……どこに行ったとしても、落ち着かない」

「え、ええと、それは……」

ミシェルに似ているけど、彼女よりも日に焼けた頬がわずかに赤く染まっている。だからか、歯切れの悪い口振りはどこか照れているように感じられて目を瞬《またた》かせていると、レオナルド様の視線が私のほうへ戻ってきた。

「その、可愛い、と思う。だから……落ち着かない」

薔薇色の瞳に射貫かれて、どきりと鼓動が跳ねる。今日も、私はミシェルとログフェル夫人が見立てた服を着て、丁寧な化粧を施されている。だから、元々は地味な私が可愛いと言ってもらえるとしたら、彼女たちの見立てのおかげだ。

それは自分でもよくわかってはいるのだけど、本心としか思えないレオナルド様の言葉と赤みの増した頬に、こちらまで恥ずかしくなる。

「あ、ありがとうござい――」

「エミリア」

熱くなる頬に触れたくなるのを必死にこらえながらお礼を言おうとしたところで、別の声が重なった。

視線を巡らせると、そこにはカイオスとアリス様がいた。パーティー用のドレスではなく普段着らしいワンピース姿でも、アリス様は今日も華やかだ。カイオスも、きっちりとした礼服ではなく、外歩き用のラフな装いをしている。

パーティーに参加するとき以外はあまり顔を合わせなかったので、見慣れない服装に思わずまじまじと見つめてしまう。

カイオスも、こんなところで私に会うとは思っていなかったのか、薄水色の目を丸くしていた。

「どうしてこんなところに」

「それはこちらの――」

台詞だと言おうとして、店内に漂う甘い空気を思い出す。

今流行《はや》りの喫茶店で、恋人と来るような場所なら、カイオスとアリス様が立ち寄るのはおかしな話ではない。だからなんというか、運が悪いと言うべきか、間が悪いと言うべきか。

婚約していたときに来ていてもおかしくない場所で、婚約がなくなってから出くわすとは、さすがに予想していなかった。

言葉の先を続けられなくなっていると、レオナルド様が小さく首を傾げた。

「エミリア嬢、そちらは？」

「カイオス・エフランテ様と、アリス・アシュフィールド様です」

反射的に返して、ふと肩の力が抜ける。

社交の場にあまり出ないレオナルド様でも、さすがにカイオスの顔ぐらいは知っているだろう。

それなのに名前を聞いてくれたのは、私が上手く反応できなかったからかもしれない。

私の言葉に、レオナルド様は二人を見て「ああ」と合点がいったように頷いた。それから一瞬何かを考えるように目を瞑《つむ》ってから、立ち上がる。

「お噂はかねがね伺っております。ログフェル侯爵家が嫡男、レオナルドと申します」

二人に向けて簡易の礼をするレオナルド様。それに対し、アリス様がスカートを摘まむだけの礼で返す。

「私はアリス・アシュフィールドでございます。今後は社交界で顔を合わせる機会もあるでしょうから、どうぞよろしくお願いします」

その横に立つカイオスの視線は私に固定されていて、簡易的な礼はおろかレオナルド様を見てすらいない。カイオスは背が低いほうではないけれど、レオナルド様のほうが高い。きっと見上げる形になるのを嫌ったのだろう。

レオナルド様はそんなカイオスに一瞬眉をひそめてから、アリス様に向き直り、軽く頭を下げた。

「それではお二人の邪魔をしては悪いのでこのあたりで……挨拶はまた顔を合わせることがあれば、

その際に正式に」

「そうですわね。私も、お二人の邪魔をするつもりはございませんので」

ふふ、と微笑むアリス様。つい昨日、ミシェルとキャロルを哀れんだとは思えないほどの優雅で清楚な所作に、これが生粋の令嬢というものなのかと目を丸くする。

私だったら、皮肉を目いっぱいぶつけた相手の兄が目の前に現れたら、どんな対応をすればいいのか悩んでしまうだろう。

貴族らしく顔色ひとつ変えないアリス様に感心していると、彼女は何も言わず佇んでいるだけのカイオスの腕に白い指を巻きつけた。

するとカイオスの眉間に一瞬だけ皺が刻まれた。だけどすぐに柔らかな笑みが浮かぶ。

アリス様はカイオスのその様子に満足そうに微笑んで、私たちに背を向けた。

仲睦まじく立ち去る二人の背中を見ながら、レオナルド様が小さく息を吐いて、席に座りなおす。

そうして心配そうに薔薇色の瞳を私に向けた。

「ケーキを楽しむという気分でもなくなっただろうし、今からでもほかの所に行くか？」

「いえ、それは……お店の方に申し訳ないので……」

それもありかもしれないと思ったけど、まだ何も注文していない。その状態で店を出たら、無駄に席を占拠していたことになる。

さすがにそれは気まずい。お茶のひとつぐらいは頼まないと、二度とこの店に来られなくなりそうだ。そう言うと、レオナルド様が小さく頷いた。

「……ならば、手土産のひとつでも買って帰るとしよう。何かしら包んでもらえば、面目は保たれるだろう。ミシェルも事情を説明すれば納得してくれるはずだ」

それならまだ、何も頼まないよりはマシかもしれない、と頷こうとして、動きを止める。

わずかばかりの対抗心が疼いた、と言えばいいのだろうか。カイオスというケチがついただけでやめるのは、なんだかもったいないような気がする。

私はできるだけしゃんと背筋を伸ばして、レオナルド様に向き直った。

「いえ、もしレオナルド様さえよければこのままで……それにミシェルなら、見せつけてやればよかったのにと言いそうですし」

「ああ、うん……それは、言いそうだな」

その姿が容易に想像できたのだろう。レオナルド様は苦笑を浮かべ、給仕人にケーキとお茶をふたつずつ注文する。

そうして改めて二人きりになった私は、避けることのできない問題に直面した。

私とレオナルド様は親密な仲ではなく、共通の趣味もない――どころか、そもそもレオナルド様の趣味すら知らない。

つまり、何を話せばいいのかまったくわからない、ということだ。

私がレオナルド様について知っていることは、ミシェル的には堅物で、ログフェル家所有の騎士団に所属していることぐらい。

「あー、と……そういえば、こうしてエミリア嬢とゆっくり話すのは、これが初めてだったな」

話題が見つからなかったのはレオナルド様も同じだったようで、悩ましそうに視線をさまよわせた後、苦笑を浮かべた。

「そうですね。いつもミシェルと一緒でしたし……」

ログフェル邸にお邪魔するのはいつもミシェルと遊ぶためで、そもそもお父様の言いつけがあったから、レオナルド様と挨拶以外の会話をするのは稀《まれ》だった。

それなのに今では二人きりで話しているのだから――ミシェルという強引な要素があったとはいえ――人生とは不思議なものだ。

しみじみとそんなことを考えていると、注文していたケーキと紅茶が運ばれてきた。

まるで降り積もる雪のような真っ白いクリームの上に、花の形を模した小さなチョコレートがいくつも乗っている。

食べるのが惜しくなるぐらい綺麗だけれど、せっかくなのでフォークを手に取り、まずは一口分だけ切り取って口に運ぶ。とろけるような甘さが口の中に広がって、思わず顔がほころぶ。

「おいしいですね」

「……ああ。細工も見事だ。人気な理由がわかるな」

レオナルド様も頷いてくれたけど、返事までに間があった。

彼の前には、濃い色をしたチョコレートのケーキが置かれている。甘すぎないものを、と思って選んだのかもしれない。

「今日は本当に、付き合ってくれてありがとうございます」

甘いものが得意ではないレオナルド様を、ケーキが評判な店に付き合わせてしまったことをあらためて実感する。小さく頭を下げると、レオナルド様はハッとした表情になって首を振った。

「いや……俺のほうこそ、礼を言いたい。こういう機会でもなければ、こんな場所には来ないだろうし、楽しい時間を過ごさせてもらった。ミシェルの頼みを断らなくてよかったと思える事例がひとつ増えた」

真摯な言葉と視線に胸が温まる。本当に、レオナルド様はいい人だ。楽しませるようなことは何ひとつしていないのに、嬉しいことを言ってくれる。

ミシェルは心配していたけど、これならお嫁さん候補の一人や二人ぐらいすぐに見つかるのではないだろうか。

「ありがとうございます、レオナルド様。ほかの女性と出かけられるときにも、ぜひそう言ってあげてください」

レオナルド様は今、女性の扱いに慣れるためにここにいる。せめて、今日という日を付き合ってもらっただけで終わらないように、私も全力で手助けしなければ。

気合を入れて拳を握ると、レオナルド様は眉尻を下げて、わずかな笑みを浮かべた。

「……そうだな。ミシェルにも言われているから……精進しよう」

「ええ。あ、ミシェルと言えば――」

ミシェルの話をしはじめると、ようやく会話ができるようになった。

お茶を飲み干し、ケーキを綺麗に食べ終えてから喫茶店を出る。そうしてログフェル邸に戻った私たちは、ひと休みする間もなくミシェルに呼ばれ——彼女の前に並んで座ることになった。

「それで、どうだったのかしら」

正面のソファに堂々と座るミシェルに対して、私たちは心なしか身を縮めている。

ケーキはおいしかったし、それなりに話も弾んだ。そのとおりに報告すれば、ミシェルも満足してくれることはわかっている。それなのに私もレオナルド様も視線をさまよわせているのは、私たちの会話にある問題があったと気づいたからだ。

レオナルド様と視線をかわしてから、ミシェルを見つめる。

「ええと、楽しい時間を過ごせたとは思ってます」

「ああ、そうだな。会話が途切れることはあったが、それでも気まずくはなかったから……一応は、問題ないはずだ」

レオナルド様もこくりと頷いてくれる。

そんな私たちを見て、ミシェルがついに怪訝そうな表情になった。

「それならどうして、そんなに歯切れが悪いのかしら」

私たちは同時に顔を引きつらせる。

私たちの話題のほとんどは、ミシェルについてだった。だけどよくよく考えてみたら、友人や妹談義に花を咲かせるのは、私にとってもレオナルド様にとっても異性に慣れる練習にはならない。

しかし軌道修正するには遅すぎた。もちろん、正直に話してもミシェルは呆れるだけで、怒ったりしないことはわかっている。

それなのに正直に話せないのは、手助けすると決めた矢先の体たらくに一人で勝手に落ちこんでいるからだ。

「あー……と、そうだ、そう。カイオスに――じゃなくて、カイオス様に会ったの。だからそれでちょっと……でもその後はちゃんとケーキも食べたし、レオナルド様とお話もしたし、楽しく過ごせたよ」

ごまかすためにカイオスの名前を出したけど、危うくレオナルド様の前でカイオスを呼び捨てにするところだった。ミシェルたちの前では気兼ねなく呼び捨てにしているけど、さすがにほかの人の前では礼節を保たないと。

危ない危ない、と心の中で冷や汗を拭いていると、ミシェルの眉がぴくりと動いた。

「カイオス卿と？　嫌なことを言われたりはしなかったかしら」

「それは、大丈夫。いつも通り」

できるかぎり明るく笑う私に、ミシェルは「そう」と小さく呟いてから、レオナルド様に視線を移した。

「兄様は、女性の扱いに少しは慣れたのかしら」

「あ、ああ、いや、自分ではわからないが……問題は、ないのではないだろうか」

ちらり、と確認するようにミシェルの視線が私に向いたので、全力で頷いて返す。

レオナルド様は嬉しいことを言ってくれたし、話も弾んだのだから、きっと大丈夫なはずだ。

するとミシェルは嫣然と微笑んだ。

「……それなら、一週間後の舞踏会にあなたたち二人で出席するのも問題はないわよね」

「え？」

思わぬ言葉に目を見開く。同じように、レオナルド様も目を見開いて、首を傾げている。

「舞踏会？　そんな話は初めて聞くが……」

「今初めて言ったのだから、当然でしょう。……兄様も少しは華やかな場に慣れておいたほうがいいと思ったのよ。それにもしかしたら、嫁も見つけられるかもしれないもの。エミリアもせっかくだから羽を伸ばしてきなさい。前の舞踏会も今日もカイオス卿と顔を合わせてしまったでしょう？この舞踏会に、彼は参加しないと聞いているから、気兼ねなく楽しんできてちょうだい」

ミシェルはそう言うと、招待状を二枚、机の上に置いた。

二枚？　一枚、二枚。一枚、二枚。何度数えても、その招待状は二枚以上にならなくて、目を瞬《また》かせる。

「ミシェルは？」

「残念なことに、私はその日は別のパーティーに招かれているのよ。だいぶ前に連絡したものだから、今さら断ることもできないのよね。だけど心細いのなら、もちろんあなたを優先するけれど――」

「いや、ミシェルが一緒なら心強かったけど一人じゃないから、大丈夫。……あ、もちろん。レオナルド様がよろしければ、ですけど」

早口で、ミシェルの申し出を断る。

私のために、ほかの貴族との関係をあっさり切り捨てさせるわけにはいかない。

だからうっかりレオナルド様の名前を出してしまったけど、レオナルド様がどうするのかはまだ聞いていない。

ちらりと見上げると、彼はほんの少しだけ口角を上げてから頷いてくれた。

「不慣れなエスコートでもよければ……参加しよう」

その言葉に大きく頷き返す。

「それはご安心ください。私もエスコートされるのには慣れていないので」

カイオスにエスコートされたことはあるけど、彼は会場に入るまでの、義務的なエスコートしかしなかった。

だから、レオナルド様がエスコートに慣れていなくても、ほとんどエスコートを受けていない私とはお互い様だと思ったのだけど……よくよく考えてみれば、どちらもエスコートに慣れていないのは不安要素にしかならないのでは。

そんな私の心配をよそに、ミシェルは満足そうに微笑むと「なら決定ね」と声を弾ませた。

◇◇◇

数日後、夜会の話を聞いて盛り上がったログフェル夫人によって、さらに飾り立てられた私は、無事にレオナルド様と舞踏会の会場に向かっていた。

会場に到着し、馬車が停まる。すると即座に大きな手が差し出された。

こちらを見下ろす薔薇色の瞳を見上げると、レオナルド様にエスコートを頼んだのは私なのに、少しだけ落ち着かない。

それはきっと、レオナルド様の装いがいつもとは違うからだろう。正装に身を包んだ彼は、次期侯爵というにふさわしい出で立ちで、私なんかとは比べられないほど、貴族らしく見えた。

今さらながら、ミシェルと軽口ばかり言ってしまっていたことが申し訳なくなる。

「エミリア嬢？」

レオナルド様はいっこうに手を取る様子がない私を心配するように、眉根を寄せる。

「あ、し、失礼いたしました」

私は慌てて、大きな手に自分の手を重ねた。

会場に入ってみると、今日は談笑ではなく踊ることがメインだからか、貴婦人たちのドレスは回るとふわりと開きそうな布地で作られたものが多い。音楽が奏でられると、いくつもの花が会場に広がった。

私もその例に漏れず、フリルが重ねられたドレスを着ていて、ステップを踏むたびに裾がひらひらふわりと揺れている。

幸い、ゆっくりとしたステップだから足を踏む心配もなく、レオナルド様の顔を苦痛に歪ませることもない。訓練の成果もあるが、落ち着いて踊れていることに心の中で安堵の息を漏らす。

すると不意に、レオナルド様の顔が近付いてきた。

突然のことにどきりとすると、小さな声で囁かれる。

「……ミシェルに、必ずほかの女性をダンスに誘えと言われているため、一度離れる。だが、おかしな輩《やから》に絡まれそうになったら、いつでも呼んでほしい」

気がつけば曲は終わりに差し掛かっていた。最初の一曲目はパートナーと踊る決まりだけど、その後はほかの人と踊ることもできるから気を遣ってくれたのだろう。

だけど貴族しかいないこの場でおかしなことをすれば、翌日には粗野な人だとそこかしこで噂されるようになる。

下手な騒ぎを起こしてわざわざ面目を潰すような人はいないはずだけれど、私を心配してくれた心遣いが嬉しかった。

「ありがとうございます。……何かあれば、そのときにはよろしくお願いします」

そう言って微笑んだとき、ちょうど曲が終わる。

か細く消えていく音色に合わせて礼をして、踊りを申しこんできたほかの人の手を取る。すると
レオナルド様はそのまま踊りの輪から離れた。

誰を誘うべきか悩んでいるのだろう。人数なんてどうとでもごまかせるのに、本当に真面目な人だ。

「……何か喜ばしいことでもありましたか？」

レオナルド様の姿に目を奪われていると、踊っていた人が少しだけ声を落として聞いてくる。レ

オナルド様と踊ったときよりも少し速くなったステップに注意しながら、小さく頷く。

「ええ、そうですね」

私の友人たちはもちろん、そこまで親しくなかったはずのレオナルド様も私のことを気にかけてくれている。

それを嬉しい、と思わないはずがない。

「友人に恵まれていると、改めて思っておりました」

正直に言うと、相手の顔がなんともいえない微妙なものになった。

ミシェルもサラもキャロルも、社交界ではある意味有名人だ。そして私が彼女たちの友人であることは、たいていの人が知っている。

目の前にいる彼もそのことを当然知っていて、今浮かべている顔のような気持ちになったのだろう。

しかし、彼はすぐに表情を取り繕うと、柔和な笑みを浮かべた。

「……あなたが良き友人に巡り合えた奇跡に感謝いたしましょう。おかげで上機嫌なあなたと踊れるのですから」

「ありがとうございます」

踊りも上手だが口も上手い。いつかは彼のような、ステップではなく会話に集中できるほどの腕前を手に入れたいものだ。それから続けて三人と踊ると、さすがに疲れてきた。

『恋をしたい』と漠然と思ったものの、案外難しい。どうすれば恋心が芽生えるのか見当もつかなくて、根本的に向いていないんじゃないかと思いながら、休憩室に向かう。

女性用の休憩室は化粧を直したり疲れを癒したりなど、誘いを断るのが面倒になったら引っこむ場所として利用されることが多い。

ちょっとした雑談に興じる人も多く、私が入った休憩室にはすでに三人の令嬢がいて、楽しそうに話に花を咲かせていた。

彼女たちはちらりと私を見ると、すぐに自分たちの会話に戻っていく。まあ、いつものことだ。

ミシェルやサラ、キャロル以外で気軽な雑談を楽しめるような相手はいないし、母への悪印象が強いせいか、義理としてでも雑談を振られることがない。

こちらから話しかける度胸もなく、きゃいきゃいわいわいと話しているのを聞いているだけの空間に耐えられなくなり、私はそそくさと休憩室を後にした。

だけど会場に戻れば、またダンスに誘われるだろう。

「どうしようかな」

ミシェルの見立てのおかげか、思っていたよりも声をかけられる。もちろん、『恋』をするためには、誰かと出会う必要があるのはわかっている。だけど、どうしても話よりもステップに集中してしまうから、できればもう少し休みたいところだ。

そんなことを思いつつ、意味もなく廊下をうろうろ行ったり来たりしていると、腕を誰かに掴まれる。驚いて振り返ると、そこには見知った顔があった。

「カイオス……様。……どうしてここに……？」

婚約を破棄されてから、彼に出くわすのはこれで三回目だ。

これだけの頻度で会うことになるなんて、運命の神様を呪いたくなる。

しかし、ミシェルはたしかこの舞踏会にはカイオスがいないと言っていた。そう断言したということは、どこからか入手した招待客リストを見るなりして判断したのだろう。

ならどうして、彼がこんなところにいるのか。考えられる答えは、ひとつしかない。

「お前がこの舞踏会に出るという話を聞いて、伝手を使って招待してもらったんだ……いや、そんなことはどうでもいい。お前は今、どこにいるんだ」

「どこって、ここにいますけど」

予想していたとおり、無理やり参加したと言うカイオスに顔がこわばる。どうにかして腕をふりほどきたいけど、がっしり掴まれていて、ちょっとやそっとじゃ逃げられそうにない。

しかし、意味がわからない。カイオスの薄水色の瞳には私が映っているし、彼の手は思いっきり私を掴んでいる。だからここにいるのはわかっているはず。もしかして、夢うつつなのだろうか。

そう思ってカイオスの様子を窺うが、目の焦点ははっきりしている。

ならばどうしてこんな暴挙に出て、よくわからないことを聞いてくるのか、と疑問に思う私に、カイオスは深いため息を落とした。

「そうじゃない。アルベール邸に婚約についての書類を持っていったが、お前はいなかった。お前は今どこで生活しているんだ」

「ああそういうことですか……。今はミシェルのお宅にお邪魔しています」

そこまで答えて、聞き捨てならない言葉に顔をしかめる。

「……まだ書類が完成していなかったんですか？」

問題なのは、カイオスが口にした、婚約についての書類という言葉だった。私たちが置かれた状況を考えたら、婚約を無効にするための書類のことを指しているに違いない。

基本的に、婚約を解消する際には、契約の無効に同意する書類に両家の当主が署名をして、婚姻を管理している教会に提出する。

それがまだ提出されていないのなら――

「ではカイオス様はまだ私の婚約者で……？」

非常に嫌そうな声と表情になったことは許してほしい。

婚約破棄された段階で婚約者ではなくなったと思っていたし、そういうつもりで振舞っていた。カイオスもアリス様と出かけていたし、パーティーにも二人で出席していたから、婚約破棄が成立していないなんて思いもしなかった。

嘘でしょ、と顔をひきつらせている私に、カイオスは顔をしかめて小さく首を振った。

「書類は先日提出したので、そういうわけではないが……だが、居住を変えるのならば連絡のひとつぐらいするのが礼儀だろう」

先日、ということはわりと最近まで婚約者だった、ということか。だけど今は違うようだ。そのことにほっとしつつも、カイオスを睨みつける。

「婚約者でも友人でもない方に、わざわざ居場所を教える義理も道理もないと思います」

「それでも、一度は婚約関係になった仲に変わりないはずだ」

「婚約を一方的に破棄した方がそれをおっしゃいますか」

いったい彼は何がしたいんだろう。

婚約を破棄したのに、どうして私の住まいを気にするのか、意味がわからない。

「あなたは何がしたいのですか。私がどこで過ごしていようと、カイオス様には関係ないでしょう」

黙っている理由もとくにないので、口にしてみる。

するとカイオスはむっとしたように眉をひそめた。

「一度は縁のあった相手を心配して、何が悪い」

「心配？　心配されていたのですか？」

想像もしていなかった言葉に思わず目を見開く。

いったいいつ、カイオスに心配されたのか。心当たりはまったくない。

婚約を破棄され、友人関係に口を出され、不躾に腕を掴まれて問い詰められる。その様子からでは、私を心配しているとは微塵も思えなくて、顔をしかめてしまう。

カイオスも私と同じように顔をしかめてから、視線を床に落とした。

「……いると思っていた場所にいなければ、気にもなる」

「私は別にカイオス様がどこにいようと気にはなりませんが……カイオス様も私を嫌っているのですから、わざわざ気に留めなくてもよろしいかと」

そう言うと、カイオスが口の端をひきつらせながら顔を上げた。

「一度もお前を嫌いだと言ったことはないはずだ」

「うんざりとか地味とかおっしゃるのが嫌いということではなかったなんて……どうやらカイオス様の扱う言葉と私の扱う言葉は違っていたようですね」

誘っても応じることはなく、挙句の果てにうんざりとまで言われたのに嫌われていないと考えられるのは、とんでもなく前向きな人だけだと思う。

残念ながら私は前向きではないので、言われたとおりにしか受け取れない。

「それは……」

さすがに言い返すことはできなかったのか、カイオスはそれ以上続けることはしなかった。だけど口を閉ざす気もないようで、咎めるようなまなざしを私に向ける。

「お前は隙がありすぎる。元とはいえ婚約者がろくでもない奴にいいように扱われているかもしれないと、心配することの何が悪い。それに実際、ろくでもない奴の家でお世話になっているようだからな」

「ミシェルはろくでもない方ではありません。それにカイオス様のお言葉をお借りしますが……私をいいように扱っていたろくでもない奴は、カイオス様では？」

「俺がいつ、お前をいいように扱ったというんだ。そんなことをした覚えは一度もない」

「まさに今、私の交友関係に口を出しているのをお忘れですか？　ただの他人なのに、あなたの言うことを聞くと思っているのが、その証でしょう」

ぐっと言葉に詰まった彼を静かに見つめ返す。

これまでなら、こんなことを言えなかった。

将来夫婦になるのだから、変なわだかまりが残っても困ると思って、何を言われようと言い返さずに黙って聞いていたけど――

「あなたはもう私の婚約者ではありません。だから、私の交友関係に口を出す権利はありません。それでもなお干渉するのなら、いいように扱おうとしていると受け取られてもしかたないのではないでしょうか」

きっぱりと言い切ると、カイオスの眉間に皺が刻まれた。

「理由もなく言っているわけではないと……ああくそ、話が進まない」

進むも何も、実のある話なんてひとつもしていないし、そもそもカイオスと話すことなんてない。

そう言おうと口を開いた矢先、遠くから女性らしい高い声が聞こえた。カイオスの目が鋭く細められる。それからカイオスは視線を巡らせ、小さなため息を落とす。

「……誰か来るかもしれないから、場所を移そう」

「え、いやですよ」

反射的に返すと、むっとしたようなカイオスに腕を引っ張られる。

「いいから――」

来い、と言いたかったのだろう。だけど言い切る前に、第三者の声が割って入ってきた。

「カイオス卿。彼女に何か？」

カイオスは顔をわずかに後ろに向け——そこにいたレオナルド様の姿に、顔を歪める。

レオナルド様はカツカツと靴音を鳴らしてこちらに近づいてくると、私の腕を掴んでいるカイオスの手をちらりと見下ろして眉をひそめた。

「度が過ぎるようなら人を呼ぶが、どうする？」

その問いかけは、私に向けて。だけどそれに答えたのは、私ではなくカイオスだった。

「違う、これは——そもそも、レオナルド卿。あなたには関係のないことだ」

そう言いながらカイオスは私を捕まえていた手を離し、レオナルド様のほうに一歩踏み出そうとして足を止める。

二人が並ぶと、レオナルド様の体格の良さが際立ち、カイオスがたじろいだように一歩後ずさった。レオナルド様はそんなカイオスを冷たい視線で睨みつけている。

「俺は、妹にエミリア嬢のことを任せられている。狼藉を働くような輩《やから》がいれば退治するようにとも言われた。……それでも無関係だと？」

レオナルド様に見下ろされ、カイオスは今にも舌打ちしそうな顔になるが、それ以上の動きは見せない。なんとか踏みとどまったようだ。

私相手ならばともかく、同家格の相手の前で見苦しい真似をしたくなかったのかもしれない。

「精々、身の周りに気をつけることだな」

は、と鼻で笑いながら、カイオスが消えていく。

見苦しい行動をさらせなくても、見苦しい捨て台詞を吐くことはできたらしい。

私は苦い顔で、彼の背を見送った。

その後はこれといった問題が起きることもなく舞踏会を終えた。カイオスを撃退した後、レオナルド様はずっとそばにいてくれた。

誰かを誘わなくていいのだろうか、と思ったが、いつも通りの優しい笑みで断られてしまう。

結局、レオナルド様と一緒にログフェル邸に戻ることになった。そして別の夜会を早く終えていたらしいミシェルが出迎えてくれる。

彼女は、微妙な雰囲気を醸し出す私たちを見て小さく首を傾げた。

「何かあったの？」

「それが……カイオス、様が舞踏会にいて――」

ミシェルに、カイオスとの一件を説明する。腕を掴まれて『心配』していると言われたことや、なんとつい最近まで婚約破棄がきちんとされていなかったこと。

すると、ミシェルは渋い顔をしてカイオスの名前を呟いた。

「どうして、カイオス卿が……」

「私に謝罪しろとでも言われたんじゃないの？　婚約の破棄はカイオス様の独断だったようだから……王妃様から何かしら言われていてもおかしくないと思うし」

謝罪する態度には見えなかったけど、プライドの高いカイオスのことだ。私に謝るぐらいなら、口裏を合わせるために脅すほうがいいと考えたのだろう。

それなら、人気のない場所に移動しようとしていたことも頷ける。誰かに見られて、王妃様に報告されたら口裏を合わせたところで意味がない。

そんな私の予想に、悩ましい表情を浮かべたのはレオナルド様だった。

彼はううんと小さく唸ってから、緩く首を傾げる。

「エミリア嬢が惜しくなった……ということはないのか？」

私は即座に首を横に振った。

「それはありえません。アリス様がいらっしゃいますし……そうでなくても、引き留めたいのであれば、いくらでもスマートな方法があるわけですし」

せめて謝ってから、そのうえで愛人なんてどうだろうかと提案するのが筋というものだ。絶対に断るけど。

私達が話していると、ミシェルも緩く首を横に振ってから、顔を上げた。

「……まあカイオス卿についてはとりあえず置いておきましょう。それよりもエミリア。あなたの実家から、一度帰っておいでと打診が来たのだけれど……どうする？」

変わった話題に、ぎゅっと胸が締めつけられる。

いつか帰ってこいと言われることは予想していた。婚約破棄を宣言された翌日に何も言わず家を出たのだから、怒られるだろうこともわかっている。

だけど、予想していたよりもずいぶんと遅い。言われるとしても家を出た翌日かその翌日――遅くても一週間ぐらいで何か言われると思っていたのに、すでに何週間も経っている。

「……どうして今になって？」

心の声がそのまま口をついて出る。

何も言ってこないから、てっきり婚約を破棄された娘には用がないのだと思っていた。

それなのに、どうして今になって。

顔をこわばらせた私に、ミシェルは少しだけ眉をひそめて、小さく口を尖らせた。これは言うべきか、言わざるべきか、悩んでいるときの顔だ。

それに気づいた私が彼女の言葉を促すように見つめると、ミシェルはゆっくりと口を開いた。

「カイオス卿とアリス嬢の婚約式の招待状が届いたから、それについて話したいらしいわ」

「婚約、式？」

婚約も式も知っているけど、そのふたつが合わさった言葉は聞き慣れなくて、思わず繰り返す。

この国では、婚約は結婚前の準備期間とされる。つまり、婚約が結ばれたことを内々に祝うことはあっても、客を招待してまで祝うことはしない。

そもそも男女共に適齢期になっている場合は、ほんの一年かそこらで結婚式を挙げることになるので、そちらに注力することが多い。

ミシェルは私の困惑を肯定するように頷いて、言葉を続けた。

「リコネイル国の習慣だそうよ。あちらでは婚約から結婚までそれなりに期間を設けるらしいわ。この国では、あなたやキャロルのような例外はあるけれど、婚約から結婚まで間が空くことはあまりないものね」

「なら、カイオス様とアリス様も結婚までに時間がかかるのかな」

「それはどうかしら。カイオス卿は十六で……アリス嬢の年齢は知らないけれど、二年も三年も婚約期間を設けるほど幼くは見えなかったわ。そこまで時間をとるとは思えないから、準備を考えると、数ヶ月か半年――遅くても一年ぐらいで式を挙げるでしょうね」

たしかにその年齢で、わざわざ婚約期間を何年も取って結婚を保留するとは考えにくい。しかも愛し合っているのだから、今すぐにでも結婚したいはずだ。

だけど婚約式と結婚式のどちらも一年以内に行うのなら、手間も費用も相当かかるはず。それにもかかわらずカイオスが頷いたのは、アリス様の思いを汲んだからだろう。

私に対しても愛とまではいかなくても、その優しさの一片ぐらい婚約者だった頃に見せてくれてもよかったのに――なんて考えてから、苦笑する。

アリス様とカイオスの婚約は政略によるものだから、私たちの仲がどうだろうと私とカイオスの婚約は消え、アリス様とカイオスが結婚することになっていたはずだ。

未練が残らないだけ、今のカイオスでよかったのかもしれない。

そこまで考えて、違和感を抱いた。

「でも、わざわざ私に招待状を送ってきたのね」

カイオスにとっての元婚約者。アリス様にとっては、顔なんて見たくない相手ではないだろうか。

私が小さく首を傾げると、ミシェルは苦笑しながら静かに頷いた。

「――ええ、そうなのよ。本当ならあなたの実家からの声掛けなんて断ってしまいたかったのだけれど、無下に断ることができなかったのよね」

たしかにそれは、ミシェルの独断で決められる問題ではない。

参加するかどうか、どうしたものかと首をひねる。

今回行われるのは、ただの婚約式ではない。リコネイル国と我が国が懇意になることを示す場だ。特別な理由もなく欠席すれば、快く思わない人も出てくるだろう。

それに、私とカイオスが婚約していたことは多くの人が知っているから、アリス様とカイオスの結婚が円満なものであることを示す目的もあるのかもしれない。王兄殿下にお願いすれば参加しなくても咎められないように動いてくれそうだけど、人の感情までは動かせない。

表向きは婚約を解消したことになっているし、リコネイル国が積んだという多額の見舞金を受け取りながら欠席したと思われたら、私と、私が将来結婚するであろう誰かは、長い間白い目で見られるだろう。

「参加しておいたほうが無難かな……じゃあ、手紙でも……」

「詳しくは言えないのだけれど、直接話し合ってきたほうがいいと思うわ」

ペンと紙を用意してもらおうとしたところを、ミシェルにさえぎられる。

こちらをまっすぐに見据える薔薇色の瞳に、ぱちぱちと瞬きを繰り返す。

「ミシェルがそう言うのなら、一度帰ろうかな」

参加の可否だけならお父様宛に手紙を書けばいいので、話し合う必要があるとは思えない。だけどミシェルの言葉に含みを感じて、思わず頷いてしまう。

するとミシェルがふわりと笑みを浮かべた。

「念のため、護衛として兄様を連れていくことをお勧めするわ。次期当主である兄様なら、我が子を預かっている身として挨拶に伺っても不自然に思われないでしょう」

「十分不自然だと思うけど……」

預かってもらっている側が挨拶するのならともかく、預かっている側が挨拶しに行って、どうするのだろう。これからも預からせてもらいますとでも言うつもりなのか。

それはどうなのかと思いつつ、ずっと私たちの会話を黙って聞いてくれていたレオナルド様を見る。

自然かどうかはともかく、彼が一緒に来てくれるのなら心強い。私がそう言うと、レオナルド様は当然だと言わんばかりに頷いてくれた。

第三章　毒花の行方

久しぶりに帰り着いた我が家を見上げて、小さく息をつく。まだ家を出てから一ヶ月ぐらいしか経っていないのに懐かしい。

よい思い出はあまりないけど、それでも十六年を過ごした場所だ。

我が家は小さな領地を所有しているけど、領地まで赴くのはお父様だけで、私と弟は王都にあるこの屋敷で育った。だから、物心ついてからの思い出はすべて、この家にある。

馬車から降りるために手を貸してくれたレオナルド様も屋敷を見上げて、感慨深く呟いた。

「アルベール邸に来たのは初めてだが……趣《おもむき》のある家だな」

「古いだけですよ」

この屋敷は、初代当主が購入したものだ。何度か改修したり手を入れたりしているけど、それでも積み重ねた月日の跡を消すことはできない。ちなみに、ログフェル邸は改修の域を超えて、一から建て直したこともあるらしい。

まじまじと眺めているレオナルド様の袖を引くと、彼は申し訳なさそうに眉を下げた。

「すまない。思わず……いや、エミリア嬢が育った場所なのだと思うと感慨深くて……」

「古びているのは自覚しているので、気にしないでください」

必死に弁明するレオナルド様に苦笑して、小さく首を振る。

私の言葉にバツが悪そうに目をそらしたレオナルド様から離れて門に向かう。

「開けてちょうだい」

「は……？」

声をかけると、雇いの門番はきょとんと不思議そうに首を傾げた。そして一拍置いてから、見るみるうちに目を見開いて、呟く。

「……お嬢様……」

彼が知る私は地味な装いばかりだったから、驚きが隠せなかったようだ。

小さく手を振って、彼を急かすと、門番はようやく自分の本分を思い出したようだ。ちらりとレオナルド様に視線を送り、腰に携えている剣に悩ましい顔になる。

私はできるだけ堂々と見えるように、レオナルド様の隣に立つ。

「こちらはレオナルド・ログフェル様。ここまで送ってくれたの」

「あ、これは……失礼いたしました」

ログフェル家の男子が、騎士として国境を守っているのは有名な話だ。

騎士ならば剣を持っているのは当たり前だと考えてくれたのだろう。あるいは、私が気にしていないので、まあいいかと流したのか。なんにしてもそれ以上は何も言わず、門番は門を開いてくれた。

出迎えてくれたメイドにお父様の居場所を聞いて、書斎に向かう。

コンコンと遠慮がちにノックすると、中から「早く入ってこい」とお父様の声が聞こえてきた。

「まったく、今まで何を――」

そっと押し開けた扉の向こうには苛々とした様子のお父様がいた。深いため息を落としながらその言葉は、私の隣に立つレオナルド様を見て止まる。

だけどお父様はすぐに眉間に皺を寄せて、また大きなため息を落とした。

「人の娘を勝手に預かり、顔も見せず、しまいにはこんなところまで来るとは……ログフェル家は何を考えているんだ。嫁にするつもりなら悪いが、侯爵家に見合うだけの持参金は――」

「お父様、飛躍しすぎです。落ち着いてください」

とんでもないことを言い出したお父様に、思わず待ったの声をかける。

ログフェル家の人たちには大変お世話になっているし、破格の待遇を受けているのは間違いない。だからといって、嫁に迎えるとなると話は別だ。あまりにも失礼な言い分に、レオナルド様が気分を害していないか心配になり、ちらりと彼の顔色をうかがう。

ミシェルと同じ薔薇色の瞳は穏やかなもので、紫紺色の髪の下にある表情にこれといった変化はない。とりあえず、不快そうな顔をしていないことに、ほっと胸を撫でおろしつつ、お父様に向き合う。

「ログフェル家では、客人として扱っていただいているだけです」

はっきりと言う私に、お父様の眉間の皺がよりいっそう深くなった。

「こちらの許可なくパーティーに出席したそうだな。わざわざログフェル邸に出向いても、お前は外出しているとの一点張りだったというのに……父親である私を部外者扱いするのがログフェル家のもてなし方だとでも言うつもりか」

お父様は私からレオナルド様に視線を動かす。お父様はしがない子爵家の当主にすぎない。

普段のお父様であれば、ログフェル家の嫡男に対して間違いなくここまで高圧的な対応をすることはない。それだけ腹に据えかねる何かがお父様に——アルベール家に起きたのだろう。

それは私のことなのか、それとも私が帰ってきた理由が関係しているのか。どちらにせよ、これ以上レオナルド様に失礼なことを言われないよう、強引に話を変える。

「それよりもお父様、カイオス様の婚約式の招待状が届いたそうですが……何か問題でもありましたか？」

婚約式のことを持ち出すと、お父様は忌々しそうに顔をしかめた。

そして、再びレオナルド様に視線を向ける。

「……それについて話す前に、レオナルド卿には外で待っていてもらおう。余計な口を出されたくはない」

その視線は、先ほどまでの苛立ちに満ちたものとは少しだけ違っていた。視線はちらちらと動いていて、私にも向けられている。

カイオスの婚約と私たち家族になんの関係があるのかはわからないけど、どうやら本当に、レオナルド様にはいてほしくないようだ。

だけどお父様の荒れ具合を考えると、レオナルド様にいてもらったほうが安全な気がする。

他人の家の事情に首をつっこませて悪いとは思うけど、背に腹は代えられない。

首を横に振って、じっとお父様を見据える。

「レオナルド様とご一緒に聞けないのなら、ログフェル邸に戻らせていただきます。……どうしても話したいことがあるのなら、レオナルド様の同席を認めてください」

「なっ、お前――」

「……どうされますか」

反論しようとするお父様に重ねて問う。するとお父様は悩むように視線をさまよわせてからため息をつき、机の上の書類を私に差し出した。

「……これは？」

金色の枠に縁取りされた紙の端には、エフランテ家の紋章が描かれている。婚約式に向けて送られてきたものなのだろう。だけど招待状というには、決まり文句も何もなく、名前しか羅列されていない。

カイオスの婚約式に出席する人の名簿かと思ったけど、並んだ名前のほとんどには家名がないから貴族のものではないようだ。

はてと首を傾げると、お父様が深々とため息をついた。

「……婚約式で余興をおこなう者のリストだそうだ。招待状に同封されていた」

「これに何か問題でも？」

たしかに、よくよく見てみれば聞いたことのある名前がいくつかあるような気がする。音楽家に、道化師――王宮で呼ばれるような面々もいるようだけど、それがどうしたのだろう。

私はてっきり、カイオスの婚約式に参加するかどうかを話し合うのかと思っていた。

それなのにどうして余興者リストを見せられているのかわからない。この中で見てみたい余興があるかどうか聞いている――にしては、お父様の顔は険しすぎる。

困惑していると、お父様は長いリストの下の方を指さした。

「ここに、セヴァリー・サンドフォードという名前があるだろう」

「ええ、ありますけど……」

聞いた覚えも見た覚えもない名前だ。レオナルド様も首をひねっている。社交界にあまり顔を出さないとはいえ、侯爵家嫡男として王城に出入りすることもある彼も聞いたことがないということは、あまり有名な人ではないのだろう。

　この人がどうかしたのかとお父様を見上げると、お父様は今にも舌打ちしそうなほど顔を歪めて、吐き捨てるように言った。

「これは――お前の母親の駆け落ち相手だ」

　告げられた言葉に、ぱちくりと目を瞬《また》かせる。

　言葉の意味が一瞬のみこめず、レオナルド様を見ると、彼も驚いたように目を見開いていた。

　口にしたことでよりいっそう怒りが増したのか、お父様の手がぐしゃりとリストを握りつぶす。

「カイオス卿は、我が家との婚約破棄だけでは飽き足らず、こんな者まで呼び寄せるとは……いったいどこまでこちらを虚仮《こけ》にすれば気が済むのか……！」

　呆然としながらもう一度リストを見る。

　たしかお母様と駆け落ちした吟遊詩人は、ある程度名の知れた人物だったらしい。歌声はもちろん、楽器の腕前もよくて、ついでに顔もよく、貴族の邸宅に何度も招かれるほどだったとか。

　だけど、お母様と共に姿をくらませてからは王兄殿下や王妃様に配慮して、誰もその名前を口にしない。だから私が、お母様の駆け落ち相手の名前を見たのは、これが初めてだ。

　もしかしたら、ログフェル夫妻は彼の名前を覚えていて、やんわりとミシェルに伝えたのかもしれない。

　それなら、ミシェルが手紙で済まそうとした私を止めて、家に帰るよう促してきたのも納得だ。

ミシェルがどこまで知っていたのかは定かではないけど、ログフェル夫妻は余興者リストを見て、私に判断を委ねようと決めたのかもしれない。

——カイオスの婚約式に出席するかどうかではなく、お母様が駆け落ちした相手に会うかどうかの判断を。

「……お話はわかりました。ですが、どうして……お父様は私を呼んだのですか？　参加の諾否なんて、お父様でも判断を下せたでしょうに」

ぐっと喉がつまるような息苦しさを感じて、お父様を見つめる。

お父様の怒りようを考えると、私のことなんて気にせずに、婚約式への参加拒否の連絡をしていてもおかしくない。これまでのお父様なら、お母様の駆け落ち相手と会うなんて言語道断だと言って、破り捨てるぐらいはしていたはずだ。

するとお父様は苦々しい表情で、わずかに視線を逸らした。

「お前はまだ若い。とくに、顔も知らないのであれば母を恋しく思う日もあっただろう。お前の母がこの地に来ているかどうかは定かではないが、吟遊詩人と話をつければ一目ぐらいは相まみえることもできるのではないか——とライラが言ったからだ。会う必要はないと言ったのだが、それを決めるのは私ではなくお前であると……」

なるほど、私の義母——ライラ様が発案者だったようだ。

お父様はどうにも後妻であるライラ様に弱い。愛情ゆえか、頭が上がらない場面も多く、弟の教育方針は彼女に一任されている。

もしもライラ様が何も言わなければ、お父様はこれまでのように私の意思を無視していたのだろう。

そう思うと、幸運だった。

私は、お父様の手の中で握りつぶされたリストを見つめる。おかげで、握りつぶされる前にリストを見ることができた。

「……参加するもしないもお前の自由だ。だが、あの女に会えたとしてもなんの得にもならないことは理解しておけ」

お父様はぐしゃぐしゃになったリストを机の上に放ると、私に目を向けた。

横に置いておいた問題がまた戻ってきて、胸が苦しくなる。

これまで、お母様は手の届かない存在だった。

どんなに願っても会うことはできないのだと、ずっと思っていた。

だけど、いや、だからこそ、会えるかもしれないと知って抱いたのは、どうしようもない不安だ。

会えるかもしれないと手放しで喜ぶには、十六年は長すぎる。お母様が、私を置いていったのには理由があって本当は大切に思ってくれているのかも、なんて期待するよりも、拒絶されるのではという不安のほうが大きい。

そして、私を置いていって正解だったと、置いていったことを後悔していないと言われたら――

誰も私のことを家族と思ってくれていないのだと突きつけられたとしたらと思うと、勇気が出ない。

それに、セヴァリー・サンドフォードの名前を覚えている人間がいないとは言い切れない。

恐らくはログフェル夫妻が気づいたように、婚約式に出席すれば、否応なく好奇の視線にさらされかねない。

不安な気持ちを抱えながら、そんな場所にわざわざ足を運ぶ必要があるのかどうか。出席すると決めていた気持ちが揺れる。

「……私は……」

お父様がじっと私を見据えている。口には出していないけど、ここで答えを出すことを求めていることが伝わってくる。それなのに、言葉の先を続けられない。

お母様に会いたいという気持ちと、会うのが怖いという思いがぶつかり合って、頭の中をぐるぐると駆け巡った。ぎゅっと手を握りしめながら視線を落とす。泣きたくなるぐらいの息苦しさを感じていると、背中に温もりが触れた。

ちらりと横を見ると、心配そうにこちらを見ているレオナルド様と視線がかち合う。

「レオナルド様……」

名前を呼ぶと、彼はそっと私の背を撫でてくれた。

「エミリア嬢。気が進まないのなら、無理に参加する必要はない。いつか、君が母親のことを知りたいと――悩むことなく決断できる日がきたら、そのときは全力で力を貸すと約束しよう」

力強い言葉に、先ほどとは違う意味で涙腺が緩む。

たとえ、家族が私のことを想ってくれていないのだとしても、大切にしてくれる友人がいる。

一緒に笑って、悩んで、怒ってくれる人が三人もいることを、ミシェルと同じ薔薇色の瞳が思い出させてくれた。

――だから、きっと大丈夫だ。

「……婚約式に、出席しようと思います」

ようやく、お母様に会えるかもしれない。それに、お母様が選んだ人を知ることができるかもしれない。きっとこの機会を逃したら、二度と会うことも知ることもできなくなる。

なら一歩、踏み出すしかない。

たとえお母様について何も知れなくても、拒絶されたとしても、私は一人じゃない。その事実があるだけで頑張れる。

私の言葉に、お父様は眉をひそめつつも頷いた。

◇◇◇

「お帰りなさい、エミリア。待っていたのよ。カイオス卿が婚約式を挙げると聞いて、居ても立ってても居られなくて来てしまったわ。あなたのところにも招待状は届いているのでしょう？　ちなみに、私は参加する予定よ。本当はあの人たちを祝福なんてしたくはないけれど、伯爵家として出席しないといけないと言われて断れなかったのよね。あ、レオナルド卿もごきげんよう」

お父様との楽しくもない会話を終え、ログフェル邸に一歩足を踏み入れた瞬間、怒涛のように言葉の波が押し寄せてきた。

「キャロル、来てくれたのね」

一瞬その勢いに呑まれそうになりながらも微笑むと、キャロルは天真爛漫な笑みで答えてくれた。

そしてついでのように挨拶をされたレオナルド様は、なんとも言えない顔で口元に苦笑を浮かべる。

「キャロル嬢、お元気そうで何より。……それではエミリア嬢、俺は部屋に戻るが……何かあればいつでも言ってくれ」

「はい。ありがとうございました」

ぺこりと頭を下げて、レオナルド様の背中を見送る。それから、キャロルを振り返った。

「……改めて、キャロル。来てくれてありがとう。あなたも招待されたのね」

「ええ、そうなのよ。不思議よね。伯爵令嬢で未来の伯爵夫人だからって、お喋り鳥以下だとおっしゃっていた相手を呼ぶなんて。よほど招待できる相手がいないのかしら。私だけではなくミシェルやサラ様にも送ったそうだから、見境なく招待状を出したとしか思えないわ。だからあなたを呼ぶなんて恥知らずなこともできるのよね。それとも過去はどうあれ門出を祝ってほしいなんて、厚顔無恥なことでも考えたのかしら。まあ、それはいいわ。それでエミリア、あなたはどうするの？」

「私は参加するつもりだけど……」

喋りながらもキャロルは私の手を引いて歩き出していて、そのまま応接間に連れていかれる。応接間にはしっかりとお茶の準備がされていて、全部わかっているとでも言いたげな表情のミシェルがいた。

「おかえりなさい。――婚約式には出ることにしたの？」

やはりミシェルは、招待状だけでなくリストに書かれたお母様の駆け落ち相手の名前まで知っていたのだろう。もしも彼女が帰るように言ってくれていなかったら、私はセヴァリー・サンドフォードが誰なのかも知らないまま婚約式に出席することになっていたはずだ。

「ええ、ミシェル。……ありがとう」

そのお礼も兼ねて言うと、ミシェルは緩く首を傾げてから微笑んだ。

「なんのことかはわからないけれど、お礼の言葉はありがたく受け取っておくわ」

「いろいろなことに対してだと思ってくれていいよ。それにキャロルも……私のことを心配して来てくれたんでしょう？　ありがとう」

「ふふふ、どういたしまして。私としては参加する必要はないと思ったけれど、決めるのはあなただものね。それなら私も未来の伯爵夫人として、そしてそれ以上に、あなたの友人として務めるとするわ。ああ、だけどごめんなさい。あなたをエスコートすることだけはできないのよ。あなたと一緒に行くことも考えていたのだけど、キースに一緒に行きたいと言われてしまったの。キースのお願いだから断れなかっただけで、あなたを無下に扱うつもりはないのだとわかってくれるかしら」

「うん、それは大丈夫。キャロルが私と一緒に行くことになったら、キース様に申し訳なかっただろうし、私のことを大切に思ってくれているのは……わかっているから安心して」

怒涛のトークの中でも、キャロルに上目遣いで見上げられてきゅんとする。

愛らしさに微笑みつつ返事をすると、キャロルはぱっと微笑んでから唇を尖らせた。

「そう言ってもらえて嬉しいわ。まったく、カイオス卿は何を考えているのかしら。こんなにかわいらしい婚約者がいたのにほかに現《うつつ》を抜かすなんて。しかもほかの人の前で婚約の破棄をした挙句、その相手との婚約式に呼ぶなんて恥知らずにもほどがあるわ。最低限の礼節は守るべきよ。そういえば、この件についてアンカーソン家は何も言ってきていないの？」

アンカーソンというのは、私のお母様の生家だ。戦場で武勲を立て、王からの覚えもめでたい先代当主は引退し、今はお母様の兄が当主を務めている。

私は、苦笑しつつ頷いた。

「先代アンカーソン伯は隠居しているし、現アンカーソン伯は今どこにいるのかもよくわからないし……会ったこともない姪のために、侯爵家まで抗議したりはしないでしょうね」

私自身はしがない子爵家の娘だけど、アンカーソン伯爵家の姪であることに変わりはない。だから姪の婚約が駄目になったことに関して、抗議のひとつぐらいはしてもおかしくないと、キャロルは思ったのだろう。

だけど私は、現アンカーソン伯と会ったことは一度もない。現アンカーソン伯は社交界に顔を出すよりも盗賊を狩ることを優先させているからだ。

お母様のせいで負った汚名をすすぐためか、鬱憤を晴らすためか、盗賊や山賊が出たと聞けば、そこがどこだろうと駆けつけ、退治しているのだとか。

そうやってお母様に対する怒りを戦うことで発散させているような人が、その娘である私のために動くはずがない。

肩をすくめると、キャロルは少し考えるように視線をさまよわせ、また笑みを浮かべた。

「そうなの。それは残念だわ。ならやっぱり、私たちで盛り上げるしかないわね。先ほどまでミシェルと話していたのだけれど、あなたにとっては気が重いパーティーだろうから私たちで楽しませてあげようと相談していたのよ。アンカーソン家が何かしら動いているのであれば、あまり騒ぐと迷惑になるかなと思ったのだけれど、その心配はなさそうで安心したわ」

自信ありげに胸を張るキャロルに、一瞬硬直する。

「……騒ぐって、何をするつもりなの？」

「あら、大声を出すとか、そんなつもりはないわよ。おめでたい席でそんなことをして、顰蹙《ひんしゅく》を買うのはいやだもの。せっかく我が国と隣国の関係がよくなりそうなのに、そんなことをしてご破算になったら、怒られてしまうわ。カイオス卿の婚約が駄目になるのは願ったりかなったりではあるけどね。私たちは純粋に楽しんで、盛り上げようとおもっているだけよ」

そう言ってキャロルが片目を瞑《つむ》ると、同時にミシェルがにっこりと微笑んだ。

「エミリア。あなたはただ、私たちと一緒に楽しんでくれるだけでいいのよ。気の重いパーティーを楽しい思い出しか残らない日にしてあげるわ」

「……わかった。ありがとう。楽しみにしてるね」

正直なところ、この行動力の化身である友人たちの行動には不安しかない。だけど、二人が私のためを思って言ってくれているのが嬉しくて、私は二人を止める代わりに、笑みを浮かべた。

◆◆◆

——どうしてこんなことに。

演者リストが載った招待状を握りしめて、俺はわなわなと手を震わせる。

すると、ソファに腰かけていたアリスが、涼しい顔で微笑んだ。

「カイオス様。どうかされたのですか？」

「どうかした、だと！　あなたはいったい何を考えているんだ……！」

アリスを睨みつけるが、彼女はただ緩やかに首を傾げるだけだった。

「何をとおっしゃられても……なんのことでしょうか」

青い瞳を丸くして問う姿は、本気で何もわかっていないように見えて、問い詰めようとした言葉が喉に引っ掛かり、出てこない。だから代わりに、ため息を落とす。

「……何故、こんなものを配った」

演者リストには楽団の名前だけでなく、所属している者の名前まで入っている。

普通なら送るのは式の招待状のみで、演奏会でもなければ楽団の名前なんて送ったりはしない。

そして今回招いたのは楽団だけではない。朝から晩まで行われる婚約式で飽きがこないようにと、手品師や吟遊詩人まで手配していて、その全員の名前まで記されていた。

いや、それだけならまだ気にせずにいられただろう。問題なのは、勝手に演者リストに加えられた者がいたことだ。

俺の詰問にも、アリスはまったく表情を崩さないまま答えた。

「名だたる者達を集めたのですもの。どのような方がいらっしゃるのかわかっているほうが、皆さま楽しめるのではないかと……そう思っただけです」

「だが、しかし、彼は……」

おっとりと微笑むアリスに、視線をさまよわせる。セヴァリー・サンドフォードと書かれた名前を見て、俺は唇を噛む。

何を不満に思っているのか、何を怒っているのか。

それを言葉にすれば、彼女はきっと怒るだろう。

どう抗議すれば彼女を怒らせずに済むのかと考えても、答えは出ない。

黙りこむと、アリスがソファから立ち上がって俺のところに歩み寄ってくる。

それから青い目を細めて、リストの名前をなぞった。

「カイオス様。あなたが探していた方は……今はともかく、以前は名の知れた方だったそうですね。……その腕前を披露していただこうと思ったのですよ。カイオス様もそのつもりで、婚約式のために探してくれていたのでしょう？」

まったくしかたのない人と、肩をすくめるアリスに顔が引きつる。

違うと言えば、ならばどうして探していたのかと聞いてくるだろう。

それに返せる答えは、ない。

アリスは黙りこくる俺を気にする様子もなく、言葉を続ける。

「夫を立てるのも妻の務め。カイオス様が私のためにしてくれていることですから、知らぬふりもしようかと思っていたのですが……私のためにこれほど頑張ってくださったのだと……どうしても皆さまに自慢したくなってしまいましたの」

ふふ、と零れる笑みは嬉しさを隠しきれないと言わんばかりだ。

俺はごまかすように彼女の前に跪《ひざまず》き、その手を取る。

「俺がどれほどあなたのことを思っているのか……。わざわざ自慢しなくても、皆わかっている。伯母の意向に逆らってまであんなことをしたのだから、それを疑う者などいないと……あなたもわかっているだろう」

俺がそう言うと、アリスはそっと俺の頬を小さな手で包んだ。同時に彼女の薔薇色の唇に、慈しむような、悲しむようないびつな笑みが浮かぶ。

「ええ、もちろん。わかっておりますとも。それでもね。これほど愛されているのだと自慢したくなるのが、女の性《さが》というものです。それにね、カイオス様。私、とても嫉妬深いのです。もしも付け入る隙があると思う方がいてあなたに近づいたら……そう考えるだけで、夜も眠れなくなってしまうのです」

どうしてこうなったのかと、何度も考えた。だがいくら考えても答えは出ず、わかっているのはどうにもならないということだけ。

だから、俺も彼女に向けて、笑みを浮かべる。

「カイオス様。私を幸せな花嫁に……生涯寄り添う妻にすると、約束してくださいますか？」

「ああ、もちろんだとも」

それ以外の答えはない。あってはならない。力強く頷くと、アリスは気を良くしたように満面の笑みを浮かべて俺の首に腕を巻きつけてきた。

第四章　咲き誇る花々

さて決戦当日――というのは言い過ぎかもしれないけど、婚約式の当日となり、私はそれぐらいの意気込みで気合を入れる。

「いい感じね」

ミシェルが上から下まで私を見て、満足そうに笑みを浮かべた。

ふわりと広がる緑の生地のドレスの裾にはフリルがふんだんに使われていて、胸元や袖をレースが飾り、所々小粒の宝石が散りばめられている。

シャンデリアの光を受けて眩く輝く作りは、それだけで人目を惹くはずだ。

「ありがとう、ミシェル」

「本当に、どれほど褒めても足りないぐらいだわ。兄様もそう思うでしょう？」

ミシェルは緩く首を傾げながら、手に持った扇の先をレオナルド様に向ける。すると、私の準備が終わるまで部屋の前で待たされていた彼は、小さく頷いた。

「ああ、うん、似合っている。――と思う」

レオナルド様の頬が少しだけ赤くなっている。ミシェルに似た薔薇色の瞳に見つめられて、私はどうにもくすぐったい気持ちで下を向いた。

カイオスは一度だって可愛いと言うこともなければ、頬を赤らめることもなかった。

他の人に可愛らしいと言われたことはあったけど、必ずと言っていいほど、母親に似て、という枕詞がついていた。

それなのにミシェルもレオナルド様も私を――私だけを褒めてくれる。

慣れない感覚にありがとうございますとはにかみながら返すと、ミシェルは満足そうに微笑んで、レオナルド様はそっと視線を逸らした。

やがて馬車の準備が整ったと家令が報せに来る。すると、ミシェルが自然な動作で私の隣に立って、手を差し出してきた。

「それで――今日のエスコート役は私、ということでいいかしら」

今日のミシェルは目にも鮮やかな赤のドレスを身に纏っている。頭の飾りから、唇を彩る紅までつややかな赤に染まる姿に私がどぎまぎしていると、レオナルド様が割りこんだ。

「いいわけがないだろう」

女性のエスコートを女性が務める、というのは聞いたことがない。他の国では知らないが、少なくとも我が国の文化にはない。

友人同士で参加することはあるけど、エスコートはしないのが普通だ。

私もミシェルの気持ちを嬉しく思いながら、首を横に振る。

「さすがにそれは目立ちすぎるよ」

主役よりも目立ってやると言わんばかりの赤いドレスに身を包んだミシェルにエスコートされれば、否応なく目立ってしまう。あくまで、今日の目的はお母様の駆け落ち相手に出会うことだ。

「主役よりも注目を集めて話題をかっさらうのも楽しそうだと思わない？」

「ミシェルなら本当に話題をかっさらえちゃいそうだけどね」

するとミシェルは残念そうに頬を膨らませる。そんな子供っぽい仕草ですらどこか色っぽく見えるのだから、私の友人たちは本当に凄い。

結婚式で主役よりも目立てば不興を買う。婚約式と結婚式は違うけど、どちらも将来を誓う、という点では同じなはずだ。

「でも、ミシェルの評判が今以上に悪くなる必要なんてないよ」

「どうせ家督を継ぐわけでもないのだから、私の評判なんてどうでもいいわ」

「私が嫌なの」

はっきりと言い切ると、ミシェルは渋々といった面もちだったけど頷いてくれた。

「それで……もういいか？」

レオナルド様が咳払いと共に肩をすくめる。苦笑が浮かんでいるのは、私とミシェルのやり取りに呆れているからだろう。

「ええ、そうね。エミリアが嫌だと言うのなら無理強いはできないもの」

そう言って、深紅の裾を翻《ひるがえ》して、ミシェルが私の隣から離れる。

そうして、ミシェルと入れ替わるようにレオナルド様が私の前に立った。

こほん、ともう一度咳払いをして、ミシェルとは違う大きな手が私の前に差し出された。

「妹に代わって俺がエスコートを引き受けても？」

あくまでもミシェルの代役である。そう主張するようなレオナルド様に笑みが零れる。

「ええ、もちろん。喜んで」

そっと合わせた手は大きくて温かくて、何故だか少しだけ照れくさくなった。


三人で馬車に乗って、しばらくの時間が経つ。それから会場に通されて、私は静かに息を呑んだ。

王都にはいくつか貸し会場として使用される屋敷があるが、今回婚約式が行われる屋敷は、その中でも随一の大きさを誇っている。

——これ以上豪勢なのは王家主催のパーティーぐらいしかないのでは。

会場の扉をくぐってすぐ、そんな錯覚に襲われてしまった。

きらめくシャンデリアの下には色とりどりのドレスが踊り、丁寧な装飾がされた調度品はあくまで会場を飾る脇役で目立ちすぎないように配慮されている。

談笑する人々の間を、トレイを持つ給仕人が行き交う。その手には銀色のトレイがあり、ドレスと同じく色とりどりのドリンクが載せられていた。

エスコートもなく会場に入ったミシェルに視線が集まったおかげで、その後に入った私とレオナルド様がそこまで目立たなかったのは、いいのか悪いのか。

ミシェルが悪目立ちして、更に悪評が広がらないことを祈るばかりだ。

レオナルド様にエスコートされながら会場の端に移動する。とりあえず、式の間は小さくなっている方がいいだろう。

「ごきげんよう。エミリア。それにレオナルド卿」

一人でどんどんとホールの真ん中まで進んでいくミシェルが何かしでかさないかとハラハラしていると、慣れた声が聞こえた。そちらに顔を向けると、いつも通り黒いヴェールで顔を隠し、色鮮やかなドレスを纏ったサラが、手に持った扇をぱちりと閉じているところだった。

私はその姿に目を瞬《またた》かせる。

「サラも来たんだ」

「ええ、光栄なことに招かれたもので。私としては欠席したかったのですが、どうしてもと乞われてしまったのです」

ヴェールがかすかに揺れる。やれやれ、という顔でもしているのだろう。

誰に頼まれたのか――一瞬、サラに背負い投げをされた悪い男代表の顔が浮かんだけど、振り払う。下手に首を突っこんでもろくなことにならないので、気にしないことにしよう。

そう思いつつ、彼女に微笑みかけると、サラはまた黒いヴェールを揺らした。

「それにしても、あなたを招待するなんてどういうつもりなのでしょう」

「さあ。何も考えてないんじゃない？　たくさんの人に祝ってほしいとか、そのぐらいの理由で呼んだんだと思うよ」

「その程度の理由で呼んだのだとしたら、カイオス卿の評価を今以上に下げなくてはいけませんね」

「私は気にしてないから、サラもあまり気にしないで」

カイオスが何を考えているかとか、そんなのを気にするのは時間と感情と思考の無駄だ。

私が今日ここに来たのは、カイオスの婚約を祝うためでも恨むためでもない。

お母様のことを少しでも知るためと――ミシェルたちと楽しむためだ。

そんなことをサラに伝えつつ、ふと尋ねる。

「そういえば、サラはセヴァリー・サンドフォードという人のことを知ってる？」

「……いいえ、存じません。その方がどうかされたのですか？」

少し考えるような間の後、サラが小さく首を傾げる。揺れるヴェールに、私は慌てて首を横に振った。

「ううん、知らないならいいの。大したことじゃないから」

それが母親の駆け落ち相手の名前だと知れば、サラは余計な気を回してしまうだろう。

下手をすれば、素性を調べたり、動向を探ったりしかねない。エフランテ家ゆかりの家に人を忍ばせていたと言っていたぐらいだ。それぐらいはしても不思議じゃない。

サラは少しの間不思議そうにしていたが、私がもう一度なんでもないと伝えるとこくりと頷いてくれた。

「エミリア嬢、このようなところで会うとは奇遇だな」

会話に一区切りがついたタイミングで、横から声をかけられる。

声のしたほうに顔を向けて――声から察してはいたけど――そこにいたラファエル殿下に、思わず顔を引きつらせてしまう。

和平を示す婚約式に帝国の皇太子殿下まで招待しているとは、本当にカイオスは誰彼となく招待状を配ったのだろう。

表情を取り繕う暇もなく、私は淑女の礼を取って、表情を隠した。

「ラファエル殿下。お会いできて光栄です」

彼とは悪い男代表として顔を合わせて以来だ。トラヴィス殿下が一緒にいないのを確認してから、少しだけ緊張を和《やわ》らげる。

帝国の皇太子と自国の王子二人を相手にすると、私の精神がごりごり削られていく。

だけどラファエル殿下だけなら、レオナルド様とサラがいるからなんとかなりそうだ。

「それにサラ嬢も……元気にしていたか？」

「ええ、お陰様で。変わりありません」

サラが小さく会釈をして、会話が途切れる。ラファエル殿下の目が右に左にとさまよっているので、きっと何か話題はないものかと模索しているのだろう。

「……ところで、俺の記憶違いでなければ……今日は、エミリア嬢が以前懇意にしていた相手の婚約式だったと思うのだが」

ようやく話題が見つかったようだけど、言いにくそうに若干口ごもっている。本当に話題にしてもいいのか悩んでいるのかもしれない。

ラファエル殿下に向けて、私は見苦しくないように気をつけながら笑みを作る。

「ラファエル殿下の記憶通り、私の元婚約者の婚約式です。ですが私は気にしておりませんので、ラファエル殿下もお気になさらず。それに、このように素敵な方がエスコートを引き受けてくれましたし、役得というものです」

そう言って、少し離れたところで様子を見守っていたレオナルド様の手を引いて、ラファエル殿下の前に立たせる。

役得はなんか違うような気がするけど、緊張で固まった頭ではそれ以上の言葉が見つからなかったのだから、しかたない。

レオナルド様は私をちらりと見下ろしてから、ラファエル殿下に頭を下げた。

「皇太子殿下、ご壮健そうで何よりです」

「ああ、レオナルドか。このような場に出てくるとは珍しい。……ミシェルの差し金か？」

「いいえ、自分から申し出ました。エミリア嬢のエスコート役という栄誉を他の者に与えたくなかったもので」

その軽妙な言葉に、思わず目を丸くする。

さすがミシェルと言うべきか、レオナルド様のお世辞が進化している。

ラファエル殿下も驚いたようで目を瞬《またた》かせていた。

「レオナルド、君は——」

緩く首を傾げたラファエル殿下が言い終えるよりも早く、ホールから一段高いところにある舞台が照らされ、ついでに周囲がわずかに暗くなった。

ざわめきが会場を満たして、ラファエル殿下が咳払いと共に首を振る。

いつの間にか舞台には壮年の男性——カイオスの父親であるエフランテ侯が立ち、舞台の端には楽器を持った男性が一人、椅子に腰かけていた。

ひとしきり挨拶を終えたエフランテ侯が立ち去ると、楽器を持った男性だけが舞台に残される。暗くて、顔まではっきり見えないが、照明に照らされた長い金髪が緩やかに光っている。背はすんなりと高くて、どこか中性的な様子だ。

「——紳士淑女の皆々様。本日はお招きいただきまして心より光栄です。美しいご令嬢と、気高き次期侯爵様に歌を捧げます」

同時に、透き通るような男性の声がホールに響く。大きな会場の端にまで届くぐらいの大声を出しているはずなのに、聞き苦しくなく、むしろ耳に心地よい。

だけどそれよりも、会場にいる何人かが彼の声を聞いて眉をひそめる姿のほうが気になった。

——もしかして、彼が？

眉をひそめているのは、お父様と同じかそれよりも少し若い人たちばかりだ。お母様のことを知っていてもおかしくない人たちの反応に、ぎゅっと手を握りしめる。

胸が締めつけられるような感覚を覚えながら舞台を見上げると、男性はリュートを指先でつま弾いて、歌いはじめた。奏でられるのは、とある男女の物語。獣に襲われそうになっていた姫を助けた気高い騎士の物語だった。

運命的な出会いを果たし、結ばれるまでの恋物語は、ドラマチックに聞こえる。とある男女としたり、姫とか騎士とかの比喩で濁したりしているけど、状況を考えれば間違いなくカイオスとアリス様のお話なのだろう。

獣に襲われそうになった、というのも何かの比喩なのか、それとも言葉通りなのか、と考えてから頭を横に振る。

口から出てきそうなため息をこらえて周囲を見回すと、やはり訝しげな顔をしている人が何人も目に入った。

セヴァリー・サンドフォードという名前はつい最近知ったばかりだけど、お母様が駆け落ちした吟遊詩人の話は何度か耳にしたことがある。

顔がよく、歌もよく、楽器の腕前もよかったので家に招待する貴族が多かったらしい。

私の実家、アルベール家もそのひとつだった、とか。

お母様と駆け落ちしたと知ったときは、まさかと驚いたと、とある夫人が言っていた。

駆け落ちしたとなれば誰も雇わなくなる。邸の主人からしてみれば、妻に手を出すかもしれないのだから警戒するのも当然だろう。

顔がいいとはいえ、悪評が広がり落ち目になること間違いなしの吟遊詩人。

駆け落ちまでして選び取る相手だとは思えない。よほど旦那に不満があったのか——というところまで喋ったあたりで夫人の口が止まったのをよく覚えている。

子供相手に聞かせる話ではないと、そこでようやく気づいたのだろう。こほんと咳払いをして、彼女の琴線に触れる何かがあったのでしょうね、とごまかしていた。

——余計なことまで思い出してしまったけど、重要なのはお母様が駆け落ちした相手は貴族の邸宅に何度も招かれるほどの腕を持つ吟遊詩人だったこと。

やはり、この人がセヴァリー・サンドフォードなのだろう。

歌い終えると、セヴァリー・サンドフォードらしき吟遊詩人は立ち上がって、主賓らしく舞台の前に立っていたカイオスとアリス様に視線を向けた。

「たとえこの先どんな困難が待ち受けていようと、二人ならばきっと乗り越えられることでしょう」

そう言って最後に優雅な礼をする彼に、拍手が送られる。そして彼が舞台の端に消えると、入れ替わるように出てきた楽団が静かな音楽を奏ではじめた。

この後は会話を楽しむ時間となり、少ししたらダンスがはじまる。

会場内の明かりが戻ってくると、ラファエル殿下が呆れたようなにため息を落とした。

「……ふむ、この詩はどう評したものか。ただの厚顔無恥か、それとも隣国との結束の強さを示唆しているのか」

「お二人の仲を知らしめたいのでしょう。カイオス卿がそこまで頭の回る殿方だとは思えません。

アリス様のことはよく存じませんが……とても高貴な振る舞いをされるお方だそうですし、令嬢らしい教育を受けていると考えるのが妥当かと」

「まあ、少なくとも帝国に対する牽制の意味はないと考えていいのでは」

私には完全な恋歌にしか聞こえなかったけれど、ラファエル殿下とサラとレオナルド様には、隣国との結束を言い換えたものにも聞こえたようだ。

何やら話しこんでいるので、私は貝のように口を固く閉ざす。

各国の情勢やらなんやらの話には触れないのが一番だ。遠い目をしていると、ふわりと青いドレスが視界に入りこんだ。

「ああ、エミリア！　こんなところにいたのね。ずっと探していたのだけれど、この人の多さでしょう？　てっきりあなたの元婚約者には招待する人なんていないと思っていたのに。もしかして見境なく招待状を送ったのかしら。おかげであなたを見つけられなくて困っていたのよ。せっかく可愛い恰好をしているのだからもっと前に出てもいいのに。壁の花だなんてあなたには似合わないわ。ミシェルも待っているから楽しみに行きましょう」

言葉の雨を降らせてきたのは、もちろんキャロルだ。

それからさあ、と言わんばかりに私の腕を引こうとするキャロルに目を瞬《またた》かせる。

「ごきげんよう、キャロル。何をするかは決まったの？」

「ええ！　ミシェルと話し合っていい案が浮かんだのよ。両国の垣根をなくすための宴なのだから、男女間の垣根もなくすことにしたわ。だからこれから私とミシェル、キースとトラヴィス殿下が踊るの。私の知り合いも乗り気だったから、彼女たちもそれぞれパートナーを交換して踊るのではないかしら。この日のために男性パートも練習したから、あなたのお相手を務めることもできるわよ」

「パートナーの、交換……？」

思わぬ言葉に目を見開くと、話し合っていたサラのヴェールが揺れ、視線を感じた。

「あら、ずいぶんと楽しそうなことを計画しているのですね。私に声がかからなかったのはどういうことでしょうか」

黒いヴェール越しでも少しむっとしているのがわかる。だけどキャロルはそんなこと意に介さず、私の腕に絡まったまま、愛らしく微笑んだ。

「あらやだ、サラ様もいらしたのね。サラ様にも話すかどうか悩んだのだけど、サラ様は目立つのがお嫌いでしょう？　だからエミリアは私とミシェルが引き受けようってそう決めたの。だって元婚約者の婚約式だなんて、嫌でも目立ってしまうでしょうから、サラ様はそばにいたくないんじゃないかなって心配したのよ」

「その程度のことで私がエミリアのそばを離れるわけがないでしょうに。お話しいただけなかったのは残念ですが、一応はこちらの事情を考慮していただいたようで感謝いたします。お話しいただけても、私ではエミリアと踊ることはできなかったでしょうし」

サラの母国のダンスはここことは様式が異なるらしい。だから簡単なダンスならともかく、女性相手のダンスはあまりに未知数なのだろう。

残念そうに息を漏らすサラを見ていると、キャロルがぎゅっと私の腕を引っ張った。

「それじゃあエミリア、行きましょう。もう少ししたらダンスがはじまるそうよ。皆の前で私たちの仲の良さを見せつけてあげましょう」

しかし、腕を絡めたまま私を引きずっていこうとするキャロルに声がかかる。

「勝手に連れていかれては困るのだが……」

声をかけてきたのは、キャロルの言葉の雨に呆気にとられていたレオナルド様だ。

キャロルは、意外そうに目を見開くと、すぐにあどけない笑みを浮かべた。

「レオナルド卿、ご機嫌よう。それに皇太子殿下もいらしたのですね。私の目にはエミリアしか映っていなかったもので、失礼いたしました。勝手がよろしくないということでしたら、是非レオナルド卿と皇太子殿下もご参加ください。レオナルド卿と皇太子殿下が踊るお姿はきっと皆さまの目を釘付けにすることでしょう。レオナルド卿は普段このような場にはいらっしゃらないですし、皇太子殿下も人の目を惹きつける殿方。そんなお二人が踊られて、目を離せる者などいるはずがありませんもの」

キャロルの誘いに思わずぎょっとする。

ラファエル殿下は、ミシェルに悪い男代表に選ばれたりサラに背負い投げされたり、帰還するよう言われているのに我儘で滞在を延ばしている放蕩男ではあるけど、帝国の皇太子だ。

大陸一大きな帝国の次期皇帝相手にさすがにそれは不敬すぎやしないかと、冷や冷やしてしまう。

だけど、ラファエル殿下はキャロルの言葉に特に気分を害する様子もなく、苦笑して首を横に振った。

「キャロル嬢の申し出はありがたいが、男と踊る趣味はない」

「あら、そうなのですね。ですが、男女の垣根だけでなくパートナーの垣根も超えるつもりですのよ。入れ替わり立ち替わり、皆さまで楽しく踊るだけですので、そう身構えなくても大丈夫です」

キャロルはキャロルで、断られたことを一切気にしている様子もなくころころと笑う。

たしかに、パートナーとしか踊ってはいけないという決まりはないけれど、だいぶ体を寄せ合う必要があるダンスの場合は、婚約者や親しい異性としか踊らない人が多い。

しかしキャロルの口振りからして、どんなダンスだろうと、相手を入れ替えていくつもりなのだろう。

「皆で——」

ごくり、と皇太子殿下が喉を鳴らし、サラを見つめる。

「ま、まあ、そういうことであれば乗ってやらんこともないが……サラはどうする？」

「そういうことでしたら、私は遠慮しておきましょう。慣れていない方と踊るには拙《つたな》い足さばきですので」

「いや、こういう場は楽しんだもの勝ちというだろう？　足さばきが不安なら、俺が付き合ってやろう」

ちょっかいをかけすぎて背負い投げを食らったのに、いまだにめげていないらしい。ぐいぐい行くラファエル殿下に、サラが困ったように口元を扇で隠す。

それを見ていたキャロルはふわりと私の腕から体を離すと、レオナルド様とラファエル殿下の後ろに回った。

「無理強いするものではありませんよ、皇太子殿下。さあさあ、そろそろ行きませんと。ミシェルが待ちくたびれてしまいます。ダンスまでまだ少し時間はありますが、早く行くに越したことはありませんもの」

そう言って、キャロルがぐいぐいと皇太子殿下とレオナルド様の背中を押す。レオナルド様は「いや、俺は」とか言っているけど、お構いなしだ。

ラファエル殿下はサラと踊れないのが不満そうだが、一度は乗ると言った手前断れないようで、ものすごく名残惜しそうな顔をしながら大人しく押されている。

それからキャロルに目で呼ばれて、私は慌てて姿勢を正した。

「え、ええと、それじゃあサラ。ちょっと行ってくるね」

「ご雄姿を見守っております」

「それはちょっと違うんじゃないかな」

ぺこりと頭を下げるサラに苦笑する。ただ踊るだけだ。雄姿というほどではないと思う。

けれど、どことなく心が浮き立つのも事実だった。

ホールの中央に近づいていくと、堂々とした出で立ちのミシェルとトラヴィス殿下がいた。

そしてさらにその隣に、遠慮がちな笑みを浮かべたキース様がいる。

ミシェルがトラヴィス殿下と旧知であることは知られているけど、二人とあまり関わりのない——そして、キャロルと仲睦まじいことで知られているキース様がいるからか、いったいどういう状況なんだ、というような困惑の視線が集まっている。

「あら、遅かったわね」

ちらりとこちらを一瞥して、ミシェルが微笑んだ。赤く塗られた唇が彼女の白い肌によく映えている。

ラファエル殿下とレオナルド様の背から、キャロルが顔を覗かせた。

「エミリアを捜すのに時間がかかったのよ。だけど、ついでにレオナルド卿とラファエル殿下もお誘いしたから、褒めてもいいわよ」

ぐいぐいと押し切られたレオナルド様が頬をかく。達観したような目は、逃げきれないことを悟ったようだ。レオナルド様はなんだかんだミシェルに弱い。ここまで来てしまったら、たとえ逃げても間違いなくミシェルに捕まるだろう。

ミシェルはキャロルの自信満々な笑みを受けて、悠然と微笑んだ。

「いい人選ね。それでこの後の話だけど……ダンスがはじまったら、私たちはここから少し離れたところで踊るつもりよ。カイオス卿とアリス嬢は先ほど消えたから、お色直しにでも行ったのでしょうね。主役《カイオス》は舞台から降りてきて中央に向かうはず。さすがに主賓二人の隣で踊れば顰蹙《ひんしゅく》を買うでしょうし」

ミシェルが指したのは、ホールの真ん中から少し外れた場所だ。私はその言葉にこくりと頷く。

ちなみに、先ほどキャロルが言っていた『知り合い』はこの場にいないが、途中から参加するそうだ。

「――さあ、楽しんでいる様を見せつけてやりましょう」

そのミシェルの言葉が合図になったかのように、楽団の奏でていた音色が変わった。

ミシェルが言ったように、舞台のそでから現れたカイオスとアリス様が手を取り合い、ホールの中央まで降りてくる。それに合わせて波のように分かれていく人に従って、私たちは彼らが見えるけれどそう近くはない距離まで移動した。

二人がホールの真ん中に到着すると、アリス様がカイオスの肩に手を添えた。宝石のついた白いドレスが、舞うたびにシャンデリアの光を反射して輝く。うっとりとした顔でカイオスを見上げるアリス様は、まさしく恋する乙女という言葉がふさわしい。

カイオスはアリス様に合わせたのか、金細工のついた白い礼服を着ている。こちらはうっとりはしていないけど、アリス様を真摯な目で見つめている。

その姿に、重いものが胸の奥にのしかかった。

カイオスは私に服を合わせたことがない。私が流行遅れのドレスを着ていたから、というのもあるのかもしれないけど、夜会で着るドレスの色すら聞かれたことがなかった。

そのせいでパートナーのはずなのに、私とカイオスが並ぶとどこかちぐはぐに見えたものだ。

婚約者とドレスの色を合わせるということに頓着しない人なのかもと思ったこともあったけど、違ったようだ。やはり、好きな相手だと態度も変わるのだろう。当たり前か。

カイオスのことを考えるのは時間と感情と思考の無駄だとわかっているのに、こうして目の前で見るとやさぐれた気持ちになってしまう。

どうせ、地味な婚約者でしたよ、と心の中で悪態をつきかけたとき、ぐっと手を握られた。

「エミリア嬢」

驚いて見上げると、レオナルド様が私を見下ろしていた。

「辛いのなら、無理に踊らなくても」

顔に出ていたのだろうか、と思わず自分の頬に触れてしまう。

カイオスに恋愛感情を抱いたことはない。婚約者だとは思っていたけど、それだけだ。二人きりで出かけたりもしないくせに、交友関係にだけ口出ししてくる相手に好意を抱けるほど、私は寛容な人間ではなかった。

だから、辛いというのは違うと思う。

「大丈夫です。辛くはありませんから」

できるかぎり心配をかけないように、気の抜けた笑みを浮かべてみる。間抜けな表情をしているのは重々承知の上だ。でもそのほうが、レオナルド様も気を楽にしてくれるはず。するとレオナルド様は気遣うようなまなざしのまま、頷いてくれた。

「それならいいが……気分が悪くなったらいつでも言ってくれ」

「そうですね。その時は、お言葉に甘えます」

こくりと頷いて返したところで、楽器の音色が少しだけ変わった。

踊らない人は端のほうに、踊る人はそれぞれのパートナーの手を取り、踊りはじめる。

私たちもその中に紛れるようにして、それぞれのパートナーの手を取った。

キャロルとキース様、ミシェルとトラヴィス殿下。ラファエル殿下だけ、壁際で所在なさげにしつつサラを探しているようだったけど、見なかったことにする。

一曲目が終わり、二曲目がはじまる。

ミシェルのほうを見ると、非常に嬉しそうな微笑みが返ってきた。

私の手はレオナルド様から離れ、ミシェルのもとに。ちらりと視線を向けると、レオナルド様は引きつった顔で、同じく引きつった顔のラファエル殿下の手を取っている。

キース様はトラヴィス殿下と。これは当初の予定通りなのだろう。二人はこれといって気にしているようには見えない。

そしてキャロルはどこからか現れたご令嬢と一緒にいた。

「――これで、いいんだよね？」

「ええ、素敵よエミリア」

ミシェルはふふ、と笑みを零すと、私の体を支えてくるりと回った。その動きはとても滑らかで、続くステップも淀《よど》みがない。本当に男性パートをしっかりと覚えてきてくれたようで、今まで踊った誰よりも踊りやすかった。赤いドレスが視界に入るたびに、なんとなく心が浮き立ってくる。

二曲目が終わるのはあっという間だった。

「次は私とね」

小柄な影にするりと手を取られて、またステップを踏む。童話の世界から飛び出したような水色のドレスがふわりと広がる。

三曲目では私はキャロルと、ミシェルはまた別のご令嬢と。そしてトラヴィス殿下はラファエル殿下と、キース様はレオナルド様と踊っているようだ。

さすがに同性同士で踊るのが二回目ともなれば、周囲の視線が集まっている。踊っていない人達からはざわめきが、踊っている人からは困惑の眼差しが向けられはじめていた。

だけど誰にも口を挟まれず音楽が続行しているのは、トラヴィス殿下とラファエル殿下がいるのが一番大きいだろう。

王子と皇太子が参加している悪ふざけに、口を挟む勇気のある人はいなかったようだ。

そして三曲目が終わると、楽団が入れ替わり、次の曲を奏でるための準備をはじめる。

私とキャロルが互いに淑女の礼をとると、ミシェルがやって来て満足そうな笑みを浮かべた。それにキャロルも満面の笑みを返す。

楽しそうなミシェルとキャロルの姿に、思わず口元をほころばせてしまう。

だけど、そこにカツカツと靴音が割りこんだ。

「あなたたち、どういうおつもりですの」

苛立った声の主はアリス様だった。整った顔は歪み、私たちの非礼を咎めるように鋭い視線を向けている。

「どういうつもり、とは？」

しかし、ミシェルは素知らぬ顔で首を傾げた。その様子にさらに苛立ちが加速したらしく、アリス様の声がより刺々しくなる。

「今の不作法なダンスのことです。招待された婚約式で同性同士のまま何曲も踊るだなんて……類は友を呼ぶというのは、きっとあなた方のことを言うのでしょうね」

アリス様の目に軽蔑の色が浮かぶ。憤《いきどお》るアリス様の気持ちもまったくわからないわけではない。

だけど、同性同士で踊るなという法はない。

そう言い返そうと前に進み出ると、誰かの手で制された。

「不作法というのはつまり、俺のことも指していると思っていいんだな」

ラファエル殿下がぐいっとアリス様の前に出る。踊っていた当事者として、不作法と言われて黙ってはいられなかったのだろう。

するとアリス様はすぐに表情を和《やわ》らげて、首を横に振った。

「滅相もございません。ラファエル殿下は友情に厚い方とお聞きしております。ご友人に誘われて断れなかっただけなのでしょう」

「いいや。私自身が面白いと思ったからだ。此度の宴は両国間の友好を祝うためでもあると聞いたのでな。リコネイル国との隔たりをなくすためのめでたい場なのだから、男女の隔たりをなくしたダンスを披露しても、そうおかしな話ではないだろう」

「それは……お気持ちは嬉しく思いますが……」

ラファエル殿下に言われては、さすがのアリス様も反論できなかったようだ。ラファエル殿下の生国アステイル帝国はとても大きい。下手に不興を買って目をつけられたくないと思うのは当然だ。リコネイル国の王家筋の出身とはいえ、アリス様は一介の令嬢。ラファエル殿下に口出しできるほどの権力はない。

――そのことを考えると、ミシェルとキャロルは肝が据わっているというか、怖いもの知らずというか。

笑みこそ崩していないが言い淀み、口元を引きつらせているアリス様に、さらなる追撃が飛ぶ。

「せっかくのお祝いの席ですもの。小さなことには目を瞑《つむ》って、皆さまで楽しんではいかが？　アリス様もお好きな方の手を取って踊ってくださって結構ですのよ。ああ、もちろん、お好きな方というのに変な意味はございませんわ。アリス様にはカイオス卿がおりますものね。ですが普段踊られないような方と踊るのも一興というものですわ」

キャロルはにこにこと、邪気のない笑顔で言う。完全に好意によるものだと言わんばかりの笑顔に、こちらの笑顔が凍りつきそうだ。

アリス様はキャロルとラファエル殿下に気圧されたのか、むっとした顔をするが何も言えなくなっている。ミシェルがその様子に微笑んで、ラファエル殿下を扇で指し示した。

「ラファエル殿下なんていかがかしら。彼と踊る機会なんてそうそうないでしょうし」

「結構です。私が踊る相手はカイオス様だけですので」

「ふむ……だが、時には他の相手と踊るのもよいのではないか？　気分転換というものも男女の仲を続けるのに必要だろう」

一刀両断されたからか、プライドの高いラファエル殿下が食い下がりはじめた。

これは中々長引きそうだ。準備を終えた楽団がいつ始めればいいのかと、ハラハラした顔をしている。

面白い――ではなく、興味深いやり取りではあるけど、どうしても気になることがあって会話に加わらないまま、あたりを見回す。

やはり、カイオスがいない。

愛しいアリス様が困っているのに顔を出さない理由はないはずだ。それなのにいないということは、カイオスはカイオスでミシェルとキャロルを追い出す算段を立てているのでは。

「……レオナルド様」

そっとレオナルド様の袖を引く。それからカイオス様が――と言おうとしたところで、レオナルド様に優しく微笑まれた。

「しばらくは治まらないだろうから、休憩室に行って休んでくるといい」

俺はここで、いざという時には仲裁に入るつもりだ、と言うレオナルド様に思わず苦笑してしまう。

たしかに、ラファエル殿下がノリノリでトラヴィス殿下は静観している状況では、止めに入れるのはレオナルド様ぐらいだ。それにカイオスについて今ここで言及したら、火に油を注いでしまうかもしれない。

もしもカイオスが何か企てているとしても、確かなことがわかってからでも遅くはないだろう。

よし、と意気込むと私はありがたくその場を離れさせてもらうことにした。

「さて」

ホールを出て、廊下を見回す。たしかにさっきまではホールの中央でアリス様とカイオスは踊っていたはずだ。だけどやはり、ホール内で彼の姿は見当たらなかった。

いったいどこに、と思いながらホールに繋がる廊下の角を曲がろうとしたところで、後ろから腕を引っ張られる。

倒れかけるのを、なんとか踏ん張ることで耐えると、怒鳴り声が上から響いた。

「お前はいったい、何を考えているんだ！」

こんなことをしてくる相手を一人しか知らない。今日の主役であるカイオスだ。私に無遠慮な態度をとってくるほど親しい――かどうかは微妙だけど――相手はほとんどいない。親しい友人である三人は怒鳴ってくることはないし、そもそも会場にいる。

私は、吐き出しそうになったため息をこらえつつ、カイオスの手を払った。

「カイオス様こそどうしてこちらに？　何か企んでいるのですか？」

何を考えているのかと聞きたいのはこちらのほうだ。ミシェルたちを追い出そうと思っているのなら、どうにかして止めないと。楽しそうにしている彼女たちに水を差してほしくない。

「そんなの――」

即座に抗弁しようとしたカイオスの言葉が途切れる。私が曲がろうとしていた角の向こうから、声が聞こえてきたからだろう。

何人かの、和気あいあいとした女性の声に、小さく舌打ちする音が聞こえてきた。

「ここでは人目につく。とりあえずこっちに来い」

前もこんなことを言っていたような。再度腕を掴まれて、顔をしかめる。

以前舞踏会で出くわした時も、カイオスは人目を気にしていた。外聞を気にするのなら、私に話しかけて来なければいいのに。

「いやですよ」

あの時と同じように返すけど、腕を掴む手は緩まない。

前はレオナルド様が止めてくれたけど、今はいない。休憩室に行くと思っているはずだから、しばらくは様子を見に来ないだろう。そこまで考えて、断固として早く帰らないと、助けが来ないことに気づく。

「私はあなたと話すことなんてなんにもないんだから、離して」

「お前になくとも俺にはある」

有無を言わさぬ声と共に、先ほどよりも強い力で引っ張られる。

今度ばかりは耐えられず、ぽすん、と崩れかけた体が何かに支えられる。何か、というか、多分カイオスだろうけど。

「ちょっと、やめてよ！　大声出してもいいの⁉　こんなところ見られたら、アリス様に変な誤解されちゃうんじゃない⁉」

「お前はっ……くそ、いいから黙れ！」

これでもかと叫ぶと、慌てた様子のカイオスに口をふさがれる。もごもごと言葉にならない言葉を出していると、ぐい、と顔がのけぞった。

後ろに立つカイオスを見上げる形になり、息がつまる。感じる息苦しさに、これはまずいんじゃないかと血の気が引く。

頭の中の警鐘が鳴るのと同時に、がちゃり、とどこかのドアが開く音がした。

「え、あ、え？」

続いて聞こえた、とまどった声。くそ、というカイオスの小さな声が聞こえ、突然体が自由になった。

地面に這いつくばり呼吸を整えていると、カイオスのとは違う誰かの手が視界に入る。

「立てる？」

柔らかな、耳に心地よい声。顔を上げると、最初に蜂蜜色の髪が目に入った。

長い髪を後ろで結び、一束だけ顔の前に垂れている。次に目に入ったのは、心配そうにこちらを見下ろす緑の瞳だ。

セヴァリー・サンドフォードが、私に向けて手を差し伸べていた。

「え、えぇと……僕が口出しするようなことじゃないとは思うけど……大丈夫？」

「あ、はい、大丈夫、です」

思わぬ登場に呆気に取られていた私は、続けてかけられた言葉にこくこくと頷いて返す。

ばくばくと心臓が鳴り、視線も定まらない。

まさか、突然彼に会うことになるなんて。

上手に反応できない私に、セヴァリー・サンドフォードの視線がわずかに揺れる。

「……誰か、人を呼んだほうがいいかな？」

「い、いいえ、大丈夫です。ありがとうございます」

慌てて差し出された手を借りて立ち上がると、彼は柔らかく微笑んで、それから、困ったような笑みを浮かべた。

「……もしよければ、僕から警備に伝えておこうか？　あなた方が体面を重んじているのは知っているから、君の名前は出さないで、暴行しようとした人がいた、とだけ伝えておくつもりだけど」

「いえ、それは……」

明らかに親切心からだろう言葉に、慌てて首を横に振る。

今日の主役はカイオスで、会場の警備をしているのはエフランテ家が雇った人たちだ。

その人たちに言ったところで、意味はないだろう。

「大丈夫です。お気遣いありがとうございます」

「……そう、君がいいならいいけど……触れてもいいかな？」

突然言われて、思わずぽかんと呆けてしまう。

瞬きを繰り返す私を見てかセヴァリー・サンドフォードは、はっとした顔でぶんぶんと手を振った。

「いや、違う。変な意味じゃなくて、その、君の髪が少し崩れているから、もしよかったら直そうかって、そう思っただけで。そのまま戻ったら他の人に変な目で見られるかもしれないから、ただそれだけで」

「え、あ、そう、いうことでしたら」

必死に弁解する姿に気が抜ける。

お言葉に甘えさせていただきます、と言うと、セヴァリー・サンドフォードはほっとしたように息を吐き、服のかくしから櫛を取り出した。それから慣れた手つきで私の髪飾りを外し、そっと髪の毛を整えはじめる。

髪に触れる手つきは丁寧で、これといった下心も邪心も感じられない。

私はさりげなく視線を彼に向けなおした。

背は私よりも高い。王兄殿下よりは少し低いだろうか。穏やかそうで、王兄殿下やお父様とはまた違ったタイプに思える。

お母様はどうしてこの人を選んだのだろう。穏やかそうな人が好みだったのだろうか。

見つめていると、髪を整え終わったようで、最後に髪飾りを留めなおされる。

「よし、できた。完全に同じにはできなかったけど、よくはなったと思うよ」

「ありがとうございます」

お礼を言うと、セヴァリー・サンドフォードは少し考えるような素振りをした後、小さく首を傾げた。

「僕はセヴァリー・サンドフォード。……あなたの名前を聞いてもいいかな？」

……彼は、私の名前を知っているのだろうか。母から何か聞いていたりするだろうか。

どきどきしながら、彼の名前を知っていますと言う代わりに、自分の名前を口にする。

「私は――エミリア・アルベールと、申します」

すると私の名前を聞いたセヴァリーはほんの少しだけ表情を動かした。だけどそれもすぐに落ち着く。私は、期待と不安と、よくわからない感情がまぜこぜになった視線をセヴァリーに向けた。

でも彼の顔に浮かぶ柔らかな笑みの向こうにある感情は読めなくて、よりいっそうどう思ったらいいのかわからなくなる。

彼はわずかな沈黙の後、ようやく口を開いた。

「その、エミリア嬢、あなたさえよければ……今度僕の――僕が泊っている宿に来てくれないだろうか」

「え、ええと」

「あ、もちろん、変な意味で、ではないよ。あなたを連れ込もうとか、そういうことじゃなくて……その、会わせたい人がいる、とかそういう感じで、だから僕は不審者とかじゃなくて」

私が言い淀むのを見て、慌てて弁解するセヴァリーに、どきりと心臓が跳ねる。

会わせたい人、というのは、もしかして私のお母様だろうか。

お母様に会うのは不安だし、怖い。だけどそれと同じぐらい、会いたいとも思っている。

やむにやまれぬ事情があったのだと、本当は愛しているのだと、そう言って、抱きしめてもらいたいと子供の頃は願っていた。

同時に、出会ってしまって、彼女に愛されなかった事実が浮き彫りになることが怖い。

それでも――

「エミリア嬢……休憩室には行かなかったのか。――そちらは？」

悩み始めた私が答えるよりも早く、曲がり角からレオナルド様が現れた。そして彼はセヴァリーを見ると首を傾げる。薔薇色の瞳を向けられたセヴァリーは優雅に頭を下げると、歌うように言葉を奏ではじめた。

「私の名はセヴァリー・サンドフォード。本日このおめでたい宴席に招かれたしがない吟遊詩人でございます。この方が人に酔ってしまわれたとのことで、少々話し相手を務めさせていただいておりました」

その姿は、さきほどまでしどろもどろになっていた人と同一人物には思えない。

もしかしてこの人は、私に手を差し伸べた時から、私が誰なのか知っていたのではないだろうか。

私が彼に視線を送ると、セヴァリーは穏やかに微笑んだ。

「私はシュテルンホテルの五〇五号室に滞在しております。ご用命がありましたらいつでもお越しください。日々を彩る歌から勇気を与える歌、お望みとあればどんな歌でも奏でてごらんにいれましょう。各地より集めた歌と共にお待ちしております」

そう言って、再度礼をしてセヴァリー・サンドフォードは去っていった。

シュテルンホテルの五〇五号室。そこに行けば、お母様に会えるのかもしれない。

レオナルド様も、セヴァリーの名前を聞いて気がついた様子で、気づかわしげな視線を私に送る。

私は、ただただ頼れる友人たちに意見を聞きたくて、急いでホールに向かった。

レオナルド様と一緒に会場に戻ると、まだアリス様とミシェルたちはばちばちとにらみ合ったままだった。

ただひとつ違うのは、アリス様の横にカイオスがいるところだ。彼は私をちらりと見ると、表情を変えないまま視線を逸らした。

それからアリス様の肩を抱き、彼女に言う。

「アリス。もういいだろう。彼女たちには何を言っても無駄だ」

その宥めるような優しい声に、アリス様は少しだけ表情を和《やわ》らげた。

「ええ、そうですわね。私としたことが失礼いたしました。ではどうぞ……引き続きお楽しみください。このような振舞いは二度としないとお約束くださるのであれば、これ以上は何も言いません」

「それは約束しかねるけれど、もちろん楽しむつもりよ。あなたに言われなくてもね」

ふふんとミシェルが笑って返すと、アリス様の顔が不機嫌そうに歪んだ。

「ずいぶんと恥を知らないお方なのですね」

続いて刻まれた嘲笑にミシェルが目を見開く。聞き捨てならない言葉に、私はミシェルとアリス様の間に割って入った。

「恥知らずはどちらですか。婚約者のいた男性と愛だの恋だのと語り合う歌をお願いするなんて、恥ずかしくはなかったのですか？」

咄嗟に口から出たのは、先ほど朗読された詩についてだった。

セヴァリーは二人のことを、運命的な出会いをして、愛を語り合った男女だと歌っていた。だけど彼の歌の中に、私はいなかった。そのときにはまだ婚約者だったはずなのに。

その歌に思うところがあるのは私だけではなかったようで、周囲からもひそりと笑いが漏れる。

アリス様がぐっと顔を引きつらせると、カイオス様はそんな彼女を庇うように一歩前に出た。

「エミリア、いい加減にしろ。お前がアリスを悪く言うことは許さない」

「どうぞ、ご勝手に。カイオス様に許されなくても私は気にしません」

私を睨みつけるカイオスを負けじと睨み返す。

「余計なことをしてほしくないと約束してほしいのなら、いくらでも約束しますよ。私に関わらないと約束してくれるのなら、余計なことはしません。今回は……せっかくの催しですので楽しませていただきますけど」

「……わかりました。それでしたら、今回だけは目こぼししてさしあげましょう」

私の言葉に頷いたのは、カイオスではなくアリス様だった。小さく息を吐くとともに、彼女の表情が、可憐な令嬢のものに変わる。

「カイオス様。せっかくの楽しいひと時をこのような方々に邪魔されたくはありません。私たちは私たちで、楽しみましょう」

「……ああ、そうだな。わかった」

アリス様に甘く微笑まれたカイオスは、否を唱えることなく頷いた。それから寄り添いながら去っていく二人に、大きく息を吐き出す。

しまった。思わずカッとなって言ってしまったけど、後で不敬だのなんだのと言われないだろうか。カイオスは腐っても侯爵家嫡男で、アリス様は他国の王姪だ。しがない子爵令嬢の一人ぐらい、難なくひねりつぶせる。

「……大丈夫か？」

今さら顔から血の気が引いている私に、レオナルド様が気遣わしそうな視線を向ける。

大丈夫、ではないかもしれない。婚約して幸せ絶頂期にいるアリス様が私のことなんて早々に忘れることを祈るしかない。

――ついつい我が身を思っていた私のところに、ミシェルとトラヴィス殿下が救いの手を差し伸べてくれた。

「エミリア、安心してちょうだい。あの二人がどんな圧をかけてこようが、私が守るわ」

「……あまり大きな声では言えないが、カイオスのしたことはこちらでも問題視している。今先ほど君が言った内容が咎められることはないと私が保証しよう」

その言葉に、王兄殿下がおっしゃっていた王妃様から私への心遣いについて思い出す。王妃様に向けられた優しさはまだ健在だったようだ。

私がこくりと頷き立ち上がると、ミシェルはまた晴れ晴れとした笑みを浮かべた。

「それじゃあ、気を取り直して楽しみましょう。水を差されたからといって、ここで中断するのはもったいないわ。まだまだエミリアとも踊り足りないもの」

騒ぎが落ち着き、ざわめきも治まってきた会場に、楽団がようやくかと言わんばかりに楽器を奏ではじめる。その音に乗って、キャロルが私の手を取ろうとして——それよりも早く、ミシェルが私の手を引いた。

ふわりと音に乗って、ダンスがはじまる。ちょっぴり悔しそうなキャロルを尻目に、ミシェルが私の耳元で囁いた。

「……ところで、何があったの？」

「何って？」

踊る集団の一員としてくるくると回りながら、ミシェルがちらりと私の衣装を見下ろす。

「髪型が変わっているわ」

「ああ……その、さっき……セヴァリー・サンドフォードと会ったの」

そう言えば途端に瞬《また》く薔薇色の瞳に、私は彼がお母様の駆け落ち相手であることと、もしかしたらお母様と会えるかもしれないということを話す。すると、ミシェルは眉根を寄せた。

「シュテルンホテル五〇五号室……ね。それで、あなたはどうするつもりなの？」

「お母様に会いたい、とは思うけど……正直、ちょっと不安なの。だから、もしよかったら……一緒に来てくれる？」

ミシェルには散々お世話になっている。他の人に頼めればいいのかもしれないけど、私の交友関係の狭さでは選択肢は少ない。

それにミシェルは、私にとって特別な友人だ。六年も付き合いがある、というだけではない。彼女はいつだって私を支えてくれた。

「ミシェルがいてくれたら心強いんだけど……」

いつもよりも踵の高い靴を履いているミシェルを見上げると、彼女はとろけるような笑みを浮かべた。

「……もちろんだと頷きたいわ。ものすごく頷きたい。是が非でも頷きたい」

あなたに頼られるのは嬉しいもの、と言いながらミシェルが私の体を支えながら鮮やかに回る。

だけど、次の瞬間、ミシェルは悲しそうに眉を下げていた。

「……でも、私には無理だわ。……もしも、セヴァリーがあなたを拐《かどわ》かすつもりで人を雇ってでもしていたら、私程度の力では抵抗できないもの。私には家柄も美貌もあるけど、武力はないのよ。だから、そうね……」

そう言って、ミシェルは彼女が提示できる武力――レオナルド様の名前を挙げた。

◇◇◇

そして翌日、私はレオナルド様と一緒にシュテルンホテルを訪ねて、受付の人に五〇五号室に用があると告げた。

シュテルンホテルは王都の中でも一際大きいホテルだ。他国からの貴賓を招く際にというほどではないが、それでもロビーに置かれた椅子もテーブルも高級品だ。カイオスの婚約式ではたくさんの演奏者や道化師が呼ばれていた。王都に住まいがない人たちをこのホテルに滞在させているのだとしたら、いったいどれだけの費用がかかっているのだろう、と関係のないことを思って、乾いた笑みを浮かべる。

お父様の教育により貧乏性なところがある私には、想像しただけで眩暈《めまい》がしてきそうな話だ。たとえこの先婚約することがあっても、婚約式のある隣国には行かないし、婚約式を開かない、と心に誓う。

それから、意を決して階段を上り、案内された待合室のドアを叩く。するとすぐに応答があった。

「やあ、お待たせ……と、そちらは、先日の」

ひょい、とドアを開けて、気さくな態度で片手を上げたセヴァリーが、私の隣に立つレオナルド様を見て顔を曇らせる。

その憂《うれ》い顔に、レオナルド様がぴりっとした空気をまとわせた。

「俺はエミリア嬢の付き添いとして来たのだが……何か不都合でも？」

「いえ……親しい間柄だと存じていなかったもので……それでしたら回りくどいことはせず、あの場で説明するべきでしたね」

セヴァリーは失礼しました、と言いながらドアの前に出てくると、軽く胸の前に手を当てて小さく頭を下げた。

「改めて、私の名はセヴァリー・サンドフォード……正確に言えば、セヴァリーは芸名でして、本名をセドリックと申します。家名はございません。サンドフォードは私の生まれた地方の名前でございます」

我が国では、家をひとつのくくりとして管理している。そのため、孤児とかでなければ家名はあるし、孤児でもどの家の生まれかわかる人なら家名はある。

だがすべての国が、というわけではない。遠い国では村単位で管理しているところもあるのだと聞いたことがある。セヴァリー・サンドフォード改め、セドリックも、そのあたりの生まれなのかもしれない。

納得したように頷いて返すと、彼は視線をわずかに落とした。

「そして、エミリア様の母君と親しくさせていただいている身でもありまして……本来、あなた方をお呼び立てできるような立場ではないにもかかわらず、こうして足を運んでいただいたのは……エミリア様にお会いしたいと彼女が望まれたからでございます」

セドリックの言葉に、レオナルド様が眉を跳ね上げる。

「その者を連れて、家を訪ねようとは思わなかったのか？」

「吟遊詩人は招かれて歌うものです。招かれていない家の戸を叩ける立場ではございません」

それに、とセドリックは憂鬱そうな顔で言葉を続けた。

「何よりも、私はエミリア様の邸宅に手紙を出せるような身の上でもないのです」

たしかに、お母様と駆け落ちした人から手紙が届いたら――婚約式の招待状以上にお父様が怒り狂いそうだ。その様を想像するだけでげんなりしたので、手紙を送らなかったのは正解だ。

「それで……いかがでしょうか。私のことを信じて、中へ入っていただけますでしょうか」

「中に、お母様がいるのでしょうか」

そう聞くと、セドリックは肯定するようにそっと目を伏せた。

本当にお母様に会うのだと思うと、胸が苦しくなり、思わずレオナルド様へと視線を送る。レオナルド様は何やら思案するようにセドリックを見据えた後、私を見て小さく頷いた。その顔は大丈夫だと言ってくれているようで、ほっと息を吐く。

「わかりました。それではお母様のところに案内していただけますか？」

かしこまりましたと言って、セドリックが優雅な礼の後でくるりと背を向ける。

セドリックの背を追う間、レオナルド様は張りつめたような、難しい顔をしていた。

だけど、そんなレオナルド様の顔は、五〇五号室――セドリックが滞在している部屋に入って、様変わりした。

セドリックの様子が一変したからだ。

「たいっへん、申し訳ありませんでした……！」

扉を閉めたとたんこちらに振り返り、両手を床につけてひれ伏すセドリックの姿に、レオナルド様の目が完全に丸くなっている。

セドリックは私たちの驚きなど気にする様子もなく、手どころか頭まで床につけた。

「あなた方が体面を重んじていることはよく存じております。そのため、人の目がある場で大人に謝罪されていては何事かと注目を集めてしまうかと思い、謝罪が遅くなり申し訳ございません。また、諸事情あったとはいえ、エミリア様から母を奪う形となったことも申し訳なく思っており――」

「もう、セドリックったら。私が望んだことなのだから気にしなくていいのに」

そして、つらつらと謝罪の言葉を並べているセドリックに向けて、柔らかな声が響く。ころころと笑う、鈴の鳴るような声。キャロルの愛らしい声とも、ミシェルやサラの凛とした声とも違う、不思議な声だ。

私はゆっくりとセドリックから視線を外し、声のしたほうを見る。

するとそこには、一人の女性がいた。私と同じ栗色の髪に私と同じ緑の目をしていて、シンプルなワンピースに包まれた体は私と違い女性的で、柔らかな丸みを帯びている。

穏やかな空気をまとう彼女は、私を見て白い頬を薔薇色に染めた。

「まあ！　こんなに大きくなったのね」

その言葉に、彼女こそが母なのだ、と今更ながらに悟る。

セドリックの横を抜けて、嬉しいというのを全身で表現するように彼女が私に手を伸ばす。私はどうすればいいのかわからず「はい」と小さく頷くしかできなかった。

母はどんな人なのだろうとずっと考えていたし、会えたらと思ってここまで来た。だけどいざ会えたら、話すことが何も思いつかない。

硬直したままでいると、柔らかく体が包みこまれた。

「……それに、こんな素敵な殿方も連れて……立派になったのね」

私を抱きしめる彼女の大きな瞳から、ほろり、とこれまた大粒の涙が落ちる。

王兄殿下は母のことを貴族らしからぬ人だと言っていた。よく笑い、よく泣く人だった、と。

どうやらそれはまったくの嘘ではなかったようだ。

「もっとよく顔を見せてちょうだい」

綻《ほころ》ぶような笑みを浮かべながら、白く滑らかな手が私の頬に触れる。慈しむような眼差しを向けられ、どうしたらいいのかわからず唇を固く結ぶ。

天真爛漫な人で、それでいて毒花のようだった、と。昔を知る人は言っていた。

人の話だけでは全体像が掴めないお母様に、ずっと会いたいと思っていた。

だけどいざ目の前にすると、言うべきことも、やるべきことも、頭から消える。

会えてよかったと笑うべきなのだろうか。

どうして置いていったのかと泣くべきなのだろうか。

愛しているのかと、愛していたのかと聞くべきなのだろうか。

取りとめもない考えが頭の中を行ったり来たりして、ぐちゃぐちゃだ。

「エミリア嬢」

すると、優しい声が後ろからかかる。この一ヶ月近く――カイオスに婚約を破棄されてから何度も聞いた声だ。心配するような声色なのは、私が微動だにしていないからだろう。目の前にいる人が私の母親であることは、よく似ているから間違いない。

感動の対面であることも間違いないのに、感情が追いついていないようなちぐはぐさを感じながら、私は無理やり首を後ろに回す。

そこには、薔薇色の瞳を心配そうに細めたレオナルド様がいた。

「ええと、彼女が君の母君であることは間違いないのだろうか」

「あ、はい。多分……」

「まあ、多分だなんてひどいわ。十六年も会っていなかったのだからしかたないのかもしれないけど……」

私が答えると、彼女――お母様はしゅんと眉を下げ、悲しそうになった。その様子に、胸がちくりと痛む。だけど私の口から、滑り出た言葉は彼女を案じるものではなかった。

「……ではどうして、十六年も会いに来てくれなかったのですか」

お母様の口にした十六年という言葉と胸の痛みに、ようやく聞きたいことが絞りだせた。

十六年。私の過ごしてきた時間の中にこの人はいない。生まれて間もない私を置いて、出て行ったのだから。

お母様は私の言葉に緑色の瞳を潤ませると、ますます腕の力を込めて、私を抱きしめた。

「ああ、ごめんなさい。本当はあなたを置いていきたくなかったの。でも、あなたを連れて出ていく余裕もなかったのよ。だけどあなたのことを忘れたことはなかったわ。大きくなったら迎えに行くと、手紙を残したもの。……ねえ、それよりも、あなたエミリアというのね。可愛い名前ね」

彼女が微笑みながらエミリアと感慨深く呼ぶ姿に、胸の奥に重いものがのしかかる。

――ああ、この人は。私に、名前を付けることもなく、出ていったのか。

乾いた笑いすらも漏らせず、ただ小さく呟く。

「……私の名前、知らなかったんですね」

母は生まれて間もない私を置いて駆け落ちした。そう聞かされてはいたけど、それがいつなのか、正確なことは聞いていなかった。我が国で生まれた子供は生まれて十日で名づけをされ、神殿に預けられ、祝福を受ける。健やかに育つように。輝く未来を手に入れられるように。

今よりも子供が死にやすかった時代に、子供の幸せを願った人たちが救いを求めた結果、生まれた慣習だ。

祝福を受けたからといって神秘的な何かが起きるわけではないと、今の人たちは知っている。それでも未だにその慣習は続いていて、伝統を重んじる貴族は例外なく子供を神殿に預けている。

だから当然、私も十日で神殿に預けられたはずだ。――与えられた名前と一緒に。

だけどこの人は私の名前を知らなかった。それは私を産んで、十日も待たずに彼女は姿を消したということだ。

私の言葉の意図が伝わったのだろう。彼女は一瞬目を見開いてから申し訳なさそうに眉尻を下げ、懇願するように私を呼んだ。

「エミリア。違うのよ。私だってあなたの名前は知りたかったわ。でも、そのときしかなかったの。産後で動けないって思われているときでないと、逃げられなかったのよ」

ぎゅっと固く目を瞑《つむ》り、体を震わせる姿に、心が揺れ動く。

諸事情あって、とセドリックは言っていた。

そして今、逃げられなかったと母は言った。

生まれたばかりの私を置いて逃げないといけない理由が、あったのだろうか。

やむにやまれぬ事情がお母様にはあったのだろうか。

愛ゆえの逃避行、とかではなく――

「逃げたのはそちらの――セドリックさんと恋に落ちたから、ですか？」

いまだ床で這いつくばり謝意を示しているセドリックを手で示しながら聞くと、母もセドリックもぱちぱちと瞬きを繰り返した。

「私が？　セドリックと？」

「そんなまさか！　滅相もありません！」

何を言われているのかわからないといった様子のお母様と、がばりと立ち上がってあらん限りに否定するセドリック。

そこに恋情といったものは一切見られない。

「……じゃあどうして、逃げないといけなかったんですか？」

娘が生まれてから十日もせず姿を消し、十六年会わないなんて、ありえない。でもそうしないといけない理由があったのなら、受け入れられるかもしれない。

期待を胸に問いかけると、セドリックが言いづらそうに視線をそらした。

「その、ご令嬢にはお聞かせしにくいのですが……アルベール子爵、つまりエミリア様の父君が無体を働いていたと……」

無体。

その言葉に目を見開く。

お父様はお母様を嫌悪していた。あんな女にはなるなと再三口にしていた。もしもあれが、駆け落ちしたからではなく、駆け落ちする前からだったとしたら。

お母様は毒花と呼ばれ、将来を有望視されていた王太子を失墜させた。そんな女性を無理矢理押しつけられたのだから不満を抱きもするだろう。そうした感情の向く先は、容易に想像できる。

もしかしてお母様は、結婚してから私が産まれるまで、苦しい生活を送っていたのかもしれない。

流行遅れのドレスとか、厳しい教育方針とか、そんなことは比ではない生活を送っていたのかもしれない。

「そう、なんですね」

そう思うとお母様に憐憫の情が湧き、自然と視線が落ちる。

産まれたばかりの私を置いていったことに納得できるかと言われればそうではないが、それでも責める気にはなれなくなった。

「そう、そうなのよ」

そんな私の手をお母様が握る。顔を上げると、涙をこらえたお母様の姿が見えた。

今にも零れ落ちそうな涙を堪え、彼女は震える唇で悲痛な叫びを口にする。

「あの人ったらひどいのよ！　あなたが産まれたばかりなのに二人目の話をするんですもの！」

「――は？」

私とレオナルド様と――駆け落ちした張本人であるセドリックの声が重なった。

「え、え、と？　暴力をふるわれたり、とかは？」

二人目。二人目。二人目。母の口から出てきた言葉を頭の中で繰り返す。

出産は大変だと、それこそ命がけになることもあると聞いたことがある。そんな大変な思いをした後で、また大変なことをしろと言われたら、まあひどい、と思うのかもしれない。

だけどそれは、無体と言えるほどのものなのだろうか。いや、言うのかもしれない。いや、どうなんだろう。

混乱しきっている私に、母はきょとんとした顔で首を傾げた。

「そんなことあるはずないでしょう？　あの人、あなたが産まれるまではよくしてくれていたもの。いろいろあったとはいえ、十も離れた相手に嫁ぐことになってかわいそうにって気も遣ってくれていたのよ。花とかも贈ってくれて……本当に、いい人だったわ。あんなことさえなければ」

若い娘に気を遣い、甲斐甲斐しく接するお父様の姿は想像できないけど、おっとりと話す母からはその話が嘘だとは感じられない。

じゃあ、つまり、どういうことだ。二人目の話をするのは、そんなにも駄目なことなのか。

助けを求めてレオナルド様を見ると、難しい顔をしていた。いろいろな感情がないまぜになりながらも、必死に平静を保っているような、そんな顔だ。

続いて、お父様がお母様に無体を働いていたと証言していたセドリックを見ると、彼は手で顔を覆ってぶつぶつと呟いている。

「そんな、だって、君、非道なことをって、そんな、え？　ひど、え？」

私以上に混乱している様子だ。

誰も状況を整理できる人が居なそうな状況に、私は震えそうな手を挙げる。

「つまり、えーと……二人目がいやだった、というお話、ですか？」

「ええ、そうよ。だって考えてもごらんなさい。私の手はふたつしかないでしょう？　愛する人と愛する子供の手を握ったらそれでいっぱいだわ。それに体もあまり大きくないから、一人しか抱きしめられないもの。そもそも、貴族の妻にもなりたくなかったのよ。男子が産まれるまで何人も子供を作らないといけないなんて……。放っておかれる子供がかわいそうよ」

「それは、順番で、とかでは駄目なんですか？」

「誰を一番初めに抱きしめるか決めないといけないなんて、心苦しいもの。だから私、子供は一人がいいと思っていたのに……あの人、産まれたばかりのあなたを抱きながら、かわいい子だって……男の子でもかわいい子が産まれるだろうなって……」

その時のことでも思い出しているのだろう。お母様の長いまつげが濡れ、涙が白い頬を伝う。

しかし、どうしたものか。お母様に抱いていたはずの憐憫の情が消え失せている。涙を流している姿を見ても、もはやかわいそうとすら思えない。

これは私が薄情なのか、それとも正常な反応なのかすらわからない――と思っていると、うずくまっていたセドリックが悲鳴のような叫び声を上げた。

「あああ！　僕は、僕はなんてことを！　そんな理由で！」

「もう、セドリック。そんな理由なんてひどいわ」

「そんな理由だよ！　話し合おうよ！　逃げる前に話し合えば済んだ話じゃないか！」

「あなたったら、本当に貴族のことがわかっていないのね。話し合ってもどうにもならないのよ」

床からお母様を見上げたセドリックに対して、お母様はたしなめるように返している。

そして私は私で、お母様の言い分に頭を抱えた。

お母様があらゆる貴族と浮名を流しつつも、結婚をしなかった理由がわかったからだ。

爵位は男子のみが継承できることになっている。もしも男の子に恵まれなかったら、もっとも近い血筋の男子が後継になるわけだけど、たいていの人は実の子供に継いでほしいから男の子が産まれるまで頑張るという話も珍しくはない。

たしかにそれは、子供は一人がいいという母には合っていなかったのだろう。

それはわかる。わかるけど、納得はできない。私は呻くセドリックを見ながら、お母様に視線を向けた。

「……もしかして、王兄――当時の王太子殿下の求婚を撥ねのけたのも」

「当然でしょう？　王族だなんて、子供は多ければ多いほうがいいところに嫁げるはずがないわ」

どうしてそんなわかりきったことを聞くのか。

そう言いたげに不思議そうな顔をしている母から視線をずらし、天井を見上げる。その後ろで、セドリックが嘆き叫ぶ。

「謝っても謝りきれない。ああ、僕はどうすれば……まずパトロンを見つけて伝手を、いやそれでは時間がかかるし招待されるはずないから、誰かから紹介状をもらって……ああでも、紹介状をもらう相手が――」

その声を聞きながら浮かぶのは、いまだに母を想い続けている王兄殿下の姿だった。

よく笑い、よく泣き、貴族らしからぬ人だったと彼は語っていた。

たしかに間違っていない。当たっている。表情はころころ変わるし、貴族らしからぬ思想の持ち主だ。

王兄殿下の人柄を見抜く力は確かなようだが、ひとつだけ、断言できることがある。

――あの人、女性を見る目を養うべきだ。

「……エミリア嬢……」

思わず遠い目をしていると、レオナルド様が気遣わしげな視線と声を向けてくれた。だけど言うべき言葉が見つからないのだろう。薔薇色の瞳が揺れている。

その姿に私は我に返って、慌てて彼に駆け寄った。

「あ、その……レオナルド様には申し訳ないです。こんなことに、付き合わせてしまって……」

「いや、俺のことはいい。それよりも、君のほうこそ……大丈夫か？」

母のことをお母様と呼べる日が、いつか来るかもしれないと思っていた。どうしようもない理由があったのなら、受け入れられるとも考えていた。

だけど、今は受け入れられる気もしなければ、お母様と呼び、慕う気にもなれない。

返事に迷っていると、レオナルド様が私の手をそっと握った。

「俺は……気の利いたセリフは言えないが、いつでも君の力になりたいと思っている。だからもし、この場にいづらいと思うのなら、頷いてくれるだけでいい」

そう言われて、混乱しきった頭で何事かを考えている様子のセドリックと、そんな彼をやれやれといった風に宥めている母を見る。

もしも私が頷いたら、レオナルド様はすぐに私をここから連れ出してくれるのだろう。たとえ、母が引き留めようと、何を言われようと、気にせずに。

「……ありがとうございます」

本当に、優しい人だ。私の気持ちはどうあれ、私と母が親子であることに変わりはない。それを引き離す負い目を背負うと、彼は言ってくれている。

だけど、母と会うことを選んだのは私で、事情を知ろうとしたのも私だ。満足のいかない結果だったからといって、レオナルド様に負担を負わせる気はない。

私はサラとミシェルに教わったように背筋を伸ばし、レオナルド様に向けて微笑んだ。

「どうしようもなくなったら、お願いするかもしれませんが……今はまだ、大丈夫です」

私を気遣って優しくしてくれる人がすぐそばにいるというだけで、胸が温かくなる。

だから、まだ大丈夫。レオナルド様に負い目を負わせるほどの問題ではない。

ふう、と小さく息を吐いてから、いまだに騒ぎ続けている二人に視線を向ける。

「とりあえず、話はわかりました。ええと……セドリック。あなたが謝りたいという気持ちはよくわかったので、もしよければ……私がお父様のもとに案内します」

今回招待を受けたエフランテ家に紹介状を作ってもらい、アルベール家と縁のある家に繋ぎを作り――という気の長い話をしていたセドリックに声をかけると、彼は青くなった顔を上げて、小さく頷いた。

◇◇◇

ということで、我が家の応接間の広々としたソファには私とレオナルド様が座り、そして対面には剣呑な目つきをしたお父様がいる。

そしてお父様の突き刺さるような視線の先には、かわいそうなぐらい小さくなったセドリックが床にはいつくばっている。

母は置いてきた。セドリックが、まずは自分がしでかしたことを謝り、アルベール子爵――私の父が望むのなら母と会う場を作ると言い張ったからだ。

自分と会うことを望んではいないだろうけど、母に会うのはもっと望んでいないかもしれない。だから父の意向に従うと、決めたらしい。

お父様はセドリックを嫌そうに見下ろしながら、ため息を落とした。

「それで……お前がわざわざここまで来たのは、馬車に轢《ひ》かれた蛙の真似をするためか」

その言葉にセドリックがわずかに視線を上げて、また床に頭を擦りつける。

「滅相もございません。このたびは、私の誤解により多大な迷惑をおかけしたことを謝罪しにまいりました。誤解だと気づいたのがつい先ほどのため、謝罪が遅くなったこと、大変申し訳ございません」

「……十六年。十六年経った。今さら謝られたところで、どうにもならん」

冷え切ったお父様の声に、床に頭を押しつけているセドリックがぴくりと震える。

「おっしゃるとおりです。ですが、意味はないと切り捨てて謝罪しないのもまた無礼であると考え、こうして参じた次第です」

「ならば聞くが、そうして床に這いつくばり、死んだ蛙の真似をすれば私の気が済むとでも思っているのか」

「もちろん、このようなことであなた様の気が晴れるとは思ってはおりません。どのような罰も受ける覚悟でございます」

そう言うと、セドリックは体を起こし、床に膝をついて頭《こうべ》を垂れた。

ひとつに結ばれた蜂蜜色の髪が揺れ、悲壮な顔が露わになる。

彼の真剣な様子に、お父様は再び細く息を吐き出して、ゆるく首を横に振った。

「……お前をどうするかは、話を聞いて決める。まず、どうしてあれ——マリエルと逃げたかを聞かせてもらおう」

「それは……その、あまり……ご令嬢に聞かせるような話では……」

先ほどまでの流暢な喋りは鳴りを潜め、口ごもりながらちらちらと私を見るセドリックに、お父様の眉間に皺が寄った。

「あれの娘に言えない関係でも結んだか」

「め、滅相もございません！　神に誓って、あの方とはそのような関係ではありません！」

「ならば何故だ。三度……いや、逃げたときを除けば二度しか会っていないというのに、どうしてあれを連れて逃げようと思えた。この国での仕事を失ってもよいと思えるほどの魅力をあれに感じたのか」

「……それについてはまず、私の出生から話さねばなりません。それでもよろしければ……もし、聞き苦しいと思われましたら、すぐにでもお止めください」

セドリックはぐっと決心したように固く目を瞑《つむ》ってから、ゆっくりと口を開いた。

「私はサンドフォード……遠く離れた国の貧しい村の生まれでした。父と母はそこでの暮らしには満足せず、私を連れて都会に出たのです。ですが、貧しい村の生まれで、これといった能力のない両親は職が見つけられず……結局貧しい生活は変わりませんでした。そんなある日、両親を救う者が現れたのです。あなたたちの息子を一晩買わせてもらえないか、と言って」

そこで一度言葉を止めると、セドリックはお父様――それから、私とレオナルド様の様子をうかがった。

誰も何も言わず、ただじっと聞いているのを確認すると、また静かに語りだす。

「幼い私の容姿は優れていたようで、それなりの金になりました。……それで、両親は味を占めたのでしょう。一度ではなく、二度、三度。一人、二人、三人と。求める者がいれば、すぐに応えました。ですが、いつまでも続くものではありません。そういったものの需要は、幼いうちにしかないのです。成長すれば買う者がいなくなると焦った両親は……その、男性的なものをなくせば成長しないのでは、と考えたのです。無学な両親の浅い考えでしたが……幼い私に止める術《すべ》はなく……なんというか、切り落とされました」

ぴくり、と私の隣に座るレオナルド様がわずかに動き、お父様の眉もぴくりと動いていた。

「両親に医学の知識などありません。処置を受けた私からは大量の血が噴き出し、酷く泣いたと聞いています。両親は大切な稼ぎ頭を失うわけにはいかないと、神殿に駆けこみ……私はそのまま、保護されました。……そして、奥方様が非道な扱いを受けていると聞き、昔の私が重なりました。ただ両親に言われるがまま生きて、死に誘《いざな》われていた頃の私と。ですが、逃げるという考えすら持っていなかった私とは違い、奥方様は逃げたいと願っておられました」

セドリックは端正な顔に自嘲じみた笑みを浮かべ、視線を床に落とした。

「……結局、私も浅はかな両親と同じでした。逃がしてほしいと乞う奥方様の手を……浅はかにも取ってしまったのですから」

そう締めくくられ、沈黙が落ちる。

たしかにこれは、娘である私に――以前に、他人に聞かせるような話じゃない。

話をするよう促したお父様は、思わぬ話の気まずさに視線をさまよわせていて、レオナルド様もどう反応すればいいのか悩んでいるように見える。

私もどうすればいいのかわからず、黙りこくるしかない。

痛いぐらいの静寂と空気の重さを察したのか、セドリックが床に落としていた視線を上げる。

「……吟遊詩人と謳《うた》ってはいますが、本来の私はこのような場に足を運ぶのも許されない卑しい身。

それでありながら、エミリア様からは母親を、アルベール子爵からは奥方様を奪いました。十六年という歳月を埋めることも、失われた過去を取り戻すことも私にはできません。それでもせめて、ひとときの慰めを与えられればと思い、こうして参じたのです。あなた様の心が少しでも安らぐのであれば、たとえ命を落とすことになろうとも構いません」

過去も重ければ覚悟も重い。いやでも、経緯はどうあれ貴族の妻をさらうなんて重罪もいいところだ。このぐらいの覚悟は必要なのかもしれない。

それでも、なんというか、これで死んだらあまりにもかわいそうすぎやしないか。

母が言うところの『非道な扱い』を知ったばかりだから、どう考えても母よりも酷い目に遭ってきたセドリックに同情してしまう。だけど決めるのは、私ではない。

そう思って、難しい顔をしているお父様をそっと盗み見る。

私にとって母は最初からいない人だったけど、お父様は違う。

母曰くではあるけど、お父様は母を気遣っていた。だけどある日、ほにゃほにゃと泣く赤子はいるのに、優しく扱っていた妻がいくら探しても見つからない。

そして招いた吟遊詩人まで姿を消していたら、どんな気持ちになるのだろう。

あくまでも想像でしかないけど、あの女、と言いたくなるのも無理はないのかもしれない。

お父様は一度咳払いを落とし、厳しい眼差しを彼に向けた。

「お前の命にどれだけの価値がある。少なくとも、持ち出した資産ほどの価値はないだろう」

「資産、と申されますと」

「あれが出ていくときに一緒に持っていった現金や貴金属のことだ」

セドリックの眉間に皺が寄る。おそらく、心当たりを探っているのだろう。

少しして、何かしら見つかったのか、おそるおそる口を開いた。

「……奥方様の、個人資産のことでしょうか」

「あれに個人資産などほとんどない。絶縁同然に家を追い出され、持参金すらなかった娘に、資産と呼べるものがあるものか」

ひゅっと息を呑む音が聞こえ、セドリックの顔がみるみる青ざめていく。

そしてまた、床に這いつくばった。

「重ね重ね、とんだ無礼を……！　彼女が持ちだした資産はこの命が尽きるまでに、なんとしてもお返しいたします！」

「あれに未練はない。金が戻ってくるのなら……いや、待て。どうやって返済するつもりだ。今のお前がそこまで稼げるとは思えんが」

「おっしゃるとおり、私は細々と生活することしかできません。しでかしたことを思えば、この地で吟遊詩人として稼ぐことも難しいでしょう。ですが、この地でもできることはありますので、ご安心ください。需要は落ちてはおりますが、それでもよいとおっしゃってくださる奇特な方も世の中にはいるものです。そして、そういった方は裏稼業にも伝手があるもので――」

「もうよい、口を閉じろ」

セドリックの必死な様子に私が目を瞬《またた》かせていると、お父様は嫌悪も露わに首を横に振った。

裏稼業に伝手があったら、どうなるのだろう。お父様はそういった、色事やら悪事やらは余計な情報だと言って、私に知識すら与えなかった。

どういうことだ、とレオナルド様に問いかけるような視線を送ると、気まずそうに視線を逸らされる。

「そのような穢れた金をアルベール家の資産に混ぜろと、お前は言いたいのだな」

「無礼であることは存じております。ですが私にはそれ以外に稼ぐ術《すべ》はなく……どうか、金に罪はないと思い、受け取ってはいただけませんか」

真剣なセドリックの眼差しに揺らぐことなく、お父様は頑なな態度で否と答えた。

本当に、それ以外の稼ぎ方が思いつかないのだろう。セドリックの瞳が悩むように揺れている。

母がいったいどれだけのお金を持ちだしたのかはわからないけど、お父様の口ぶりからして、一介の庶民が稼げる金額でないことはたしかだ。

ならばどうやったら稼げるのか。私は思わず、口を挟んでしまった。

「……手元にいくらか残っていたりはしないんですか？」

「その、お恥ずかしいことに……彼女のものだからと、管理は彼女に任せていたもので、残っているかどうかすら定かではないのです」

そういえば、母が着ていた服はシンプルなものだった。育ちを考えると、ホテルの格に見合った服をあつらえていてもおかしくないのに、庶民も同然の服を着ていたということは、期待するほどの額は残っていないのかもしれない。

私とセドリックの会話を聞いていたお父様は、注意を引くように机をその指で叩いた。

「……もうよい。元より、吟遊詩人ごときの稼ぎに期待などしていない。……そこのお前、これをライラのもとに連れていけ。馬車馬のごとく使っても文句を言えん人材だと伝えておけ」

部屋の隅に控えていたメイドが「かしこまりました」と言って、セドリックの前に立つ。

彼は状況が呑みこめていないのだろう。困惑した表情で、お父様とメイドを交互に見ている。

お父様はそんな彼を睨みつけながら言った。

「私の妻の実家は万年人手不足だ。昼夜問わず働ける人間が来れば喜ぶだろう。無論、賃金は徴収させてもらうが、生きるに必要な分ぐらいは残してやろう」

「で、ですが――」

「口を閉じろ。もうお前と話すことはない。精々返済に勤《いそ》しむことだな。……ああそれと、もう二度とあれを私の奥方などと呼ぶな。あれはもう、妻でもなんでもない」

メイドに促されて立ち上がったセドリックは深く頭を下げ、部屋を出て行った。

ライラ――私の継母の実家は、他国にまで店を持ち、新規事業にも積極的な豪商だ。万年人手不足なのも納得の忙しさを誇っている。とはいえ、身を売ってまで償おうと――そして命すら投げ出すことを厭《いと》わなかった彼に対しての行動としては温情と言えるだろう。

不思議な気持ちでお父様を見上げると、じろりと睨まれた。

「……それで、お前はいつ帰ってくるつもりだ」

セドリックに向けていたのとはまた違った厳しさのある目に、私も負けじと睨みかえす。

「帰りません」

「いつまでログフェル侯に迷惑をかけるつもりだ。いい加減戻ってこい」

「……レオナルド様、私がお邪魔しているのは迷惑ですか？」

見上げると、レオナルド様は少し考えるようにしてから、首を横に振った。

「父も母もエミリア嬢の滞在を喜んでおります。母にいたってはどんなドレスを着せようかと計画しているほどです。……もちろん、私もミシェルも彼女の存在を快く思っています」

「らしいので、帰りません」

きっぱりと言い切る私に、お父様の顔が不機嫌そうに歪んだ。

「何が不満なのか知らんが、体裁を考えろ。婚約を解消されたばかりの娘がよその家に入り浸っていて、周囲がどう思うか考えたことはあるのか？」

「今さら気にするような体裁なんてありません……何しろ、公衆の面前で婚約を破棄されるほどでしたし」

カイオスの話を聞く限り、最終的には解消という方向になったのかもしれないけど、そんなこと私の知ったことではない。

カイオスが婚約破棄を突きつけてきたのは、彼の誕生日を祝うパーティーだった。

あの場には私とカイオス、それからついでにアリス様以外にもいっぱい人がいて、私が婚約破棄されるのを見ていた。

内々に処理されたから世間には知られていないとしても、私にとって、その場にいた人たちにとって、婚約を解消したのではなく、一方的に婚約を破棄されたことに変わりはない。

「そもそも、お父様に体裁がどうのと言われたくありません」

ぴくりとお父様の眉が動く。

「母の話を聞いて、お父様にもいろいろあったのだろうということは察しました。……でも、それでお父様を許せるかというと話は別です。流行遅れのドレスばかりで笑われたのも、使用人扱いされたのも、お父様ではなく私です。お父様が母にどんな思いを抱いていようと、私と母は別の人間で……私の知らない過去のことでぞんざいに扱われて、納得できるはずがありません」

お父様が苦虫を噛み潰したような顔でこめかみに指をあてる。

それから深いため息を落とした。その姿は、私の主張にショックを受けているようには見えない。何を言っているんだこいつは、と言わんばかりの態度に自然と反発心が湧いてくる。

よりいっそう睨みつけると、お父様は長くため息を吐き出した。

「誰が好き好んで、財政状況をうかがえるような服を娘に与えるものか」

「じゃあなんで――」

思わぬ言葉に、お父様を見上げる。するとお父様はゆっくりと口を開いた。

「あれが出て行ったのは、いろいろと入り用な時期だった。それに、あれは金だけではなく運まで持っていったようだ。翌年には所有している鉱山からの採掘量が減り、翌々年は領内の作物の収穫量が減りと散々だった。……以前ほどの収益が見込めない状況で返済だけでなく、緊急時の貯蓄もせねばならん。余計なことに回せる余裕などない」

「で、でも……リオンには何人も教師をつけているじゃないですか」

財政状況が切迫していたにしては、我が家を出入りしている教師の数がおかしい。それに、ライラ様は子爵夫人にふさわしい装いをしているし、リオンも同様だ。

私以外は普通に貴族の生活を送っていたのに、金欠だったと言われても信じられるはずがない。

「リオンの教育費を出しているのはライラの実家だ。他にもいろいろと便宜を図ってもらってはいるが……だからといって、出て行った女の娘のために金をよこせなどと、言えるわけがないだろう」

「だったら、だったらなんで……あの女——母のようになるなとしか言わなかったんですか」

「あの女のように育っては困るからな。それともなりたかったのか？」

「いえ、なりたくないです……って、そうじゃなくて！」

今となっては、母のようになるなと言ったお父様の気持ちはよくわかる。

お父様がどこまで母のことを理解していたのかは知らないし、私もついさっき会ったばかりの母のことをよくは知らない。だけどそれでも、母のような女性になりたいとは思わない。

だからそこだけはお父様と同意見ではあるが、今言いたいのはそういうことではない。

「理由を言えばよかったじゃないですか！　金に困っているの一言があれば、私だって納得しましたよ！　私からしてみたら、お父様も母も似た者同士、お似合い夫婦です！　話し合いが圧倒的に足りないんですよ、あなたたち！」

母は一言、子供はこれ以上いらないとお父様に言えばよかった。

お父様は一言、金がないと私に言えばよかった。

そうすれば一緒に着地点を探すことだってできただろうし、ミシェルに愚痴ばかり聞かせることもなかった。

これまで悩んでいた時間も、抱いた思いも、すべてが無駄で馬鹿馬鹿しいものだったように思えて、これまで必死にせき止めていたものが一気にあふれだす。

「あの女の娘のくせにとか、そういうことは言えるのに、どうして大切なことは言えないんですか！　しかも期待した自分が馬鹿だったとか言って、ええ、ほんっとうに私もあなたのことを馬鹿だと思いますよ！　ばーかばーか！」

最後には子供の悪口みたいになってしまったけど、後悔はない。ようやく言えたという達成感が胸の奥から湧き上がり、目を丸くしているお父様に指を突きつける。

「誠心誠意謝ってくれるまで、絶対帰りません！」

お父様の返事を待つことなくレオナルド様の手をひいて、家を――アルベール邸を出た。

馬車に乗りこんでひと息ついてからようやく、しでかしたことに顔が熱くなる。

お父様に言ったこともやったことも後悔はしていないし、達成感はまだ残っている。だけどもっとこう、やりようがあったのでは。

何もレオナルド様の前で、語彙を失ったあげく子供のような悪口をまくしたてなくてもよかったのでは。

「お、お恥ずかしいところをお見せしました」

対面に座るレオナルド様の顔を見られない。呆れていたら、気まずそうにしていたら、苦笑いを浮かべていたら。想像すればするほど顔を手で覆いたくなる。

わずかな衣擦れの音と身じろぐ気配に、よりいっそう緊張感と羞恥が高まって――いっそ、穴を掘って入りたいと身を縮めていると、優しい声が降ってきた。

「……気にするな……と言っても気にしてしまうか。俺こそ、エミリア嬢の家族の問題に首を突っこんでしまい、申し訳ない。隙を見て席を外せればよかったのだが……」

母に会って、彼女がお父様から逃げ出したとんでもない理由を知ってセドリックが混乱し、その後お父様に会いに行ったらセドリックが這いつくばりはじめ――怒涛の展開に隙をうかがう余裕なんてなかった。

私は顔を上げて、慌てて首を横に振る。

「いえ、レオナルド様が謝るようなことではありません。付き添いを頼んだのはこちらですし……そばにいてもらえて、心強かったです。……ですが、肩身の狭い思いをさせてしまい、申し訳ございません」

「付き添いを頼まれて頷いたのは俺だ。心強いと思ってもらえていたのなら、それでいい。……だが、家族の問題に繋がるのだと予見できなかったのは、俺が未熟だったからだ」

互いに自分が悪いと言い合い、引くに引けないまま馬車が走り出す。

先に音を上げたのは、私だった。

「レオナルド様は頑固な方ですね」

「ミシェルに柔軟さが足りないと叱られるほどだからな」

ふ、と零れる笑みに優しい目。懐かしむような柔らかな顔に、私も自然と笑みが浮かぶ。

「ミシェルは幼い頃から変わらないのですね」

「幼い……？　三日ほど前のことだが」

思っていた以上に最近だ。

幼いミシェルが大人ぶっている可愛い姿を懐かしんでいるのかと思ったら、十分育ったミシェルとの思い出だった。

「そうなのですね、てっきり……そういえば、子供の頃のミシェルはどんな感じだったんですか？　十歳からのミシェルしか知らなくて……今とそんなに変わらなかったのでしょうか」

勘違いをこれ以上追求されたくなくて、思わず話の流れを変える。

レオナルド様は私が焦っていることに気づいていないのか、気にしていないのか、とくに不審がることもなく顎に手を当てて、ふむと小さく呟いた。

「……今ほど、元気ではなかったな。人見知りも激しく、外にもあまり出ない子だった」

「そうなのですか？」

ぱちくりと目を瞬《またた》かせる。私が会った頃のミシェルは、動きにくいし、趣味ではないからと言って、すでにフリルやレースが使われたドレスを嫌っていた。

「口数が少なく、感情表現も苦手で」

泣こうと喚こうと、欲しいものは手に入らないと私に不貞腐れた顔で言っていた姿からは想像できない。

つまり、家族の前では、望まれた姿であろうと必死だったんだろう。──私と同じように、本音と感情を隠して。

微妙な気持ちでレオナルド様の言葉を聞いていると、彼はふと表情を変えた。

「いきいきとした顔をするようになったのは、エミリア嬢と出会ってからだ」

「──そうなの、ですね」

私は決して、初めから彼女を受け入れ切っていたわけではなかった。ただ、いきなり話しかけてきた彼女に圧倒されてしまっただけだ。けれど、感情の発露先をミシェルは見つけ──私という聞き役を得たことで、少しずつ心の整理ができたのかもしれない。

ただ──ひとつ、気になることがあった。

「だから、俺は──いや、ログフェル家の者はみな、君に感謝しているんだ。少々気が強くなりすぎた感は否めないが、それでも笑わないよりはいい」

「ありがとうございます」

そうお礼を言うと、笑うレオナルド様の姿は微笑ましいのだけど、どうしても胸に生まれたもやもやは消えない。

レオナルド様は、妹であるミシェルのことをかけがえのない存在だと思っていて──だからこそ、どうしてミシェルの話をきちんと聞いてあげなかったのだろうと、考えてしまう。

「……ミシェルに、剣を習わせようとは思わなかったのですか？」

彼女の不満の大部分は、好きなことをやらせてもらえないというものだった。口数が少なく、感情表現が苦手だったミシェルが心配なら、少しぐらいは好きにさせてもよかったのでは。

「剣を……？　ああ、そういえば昔はよく……だが……」

私の問いに、レオナルド様が視線をさまよわせる。その姿に、自然と視線が落ちた。

レオナルド様も彼女の心情より貴族としての体面を重視したのだろうか。いや、貴族であればそれが当然だ。だけど、少しだけ期待していた。優しいレオナルド様なら、お父様とは違う答えをくれるのではないか、と。

勝手に期待して、理想と違っていたからと落ちこむなんて自分でも馬鹿らしいと思うけど、それでもどうしても、期待してしまった。

自分で聞いておきながら、答えを知りたくない。

「不躾なことを聞いて申し訳ございません」とでも言って、話を締めくくろうとして――

「――その、なんだ……ミシェルは、剣の才能がまったく、なかった」

聞こえてきた声に、自然と顔が上がる。

「さい、のう……？」

おそらく、今の私はとてもまぬけな顔をしていると思う。ぽかんとしていると、レオナルド様の口元に苦笑が浮かんだ。

「ああ。これ以上はないというぐらい、才能がなかった。ある意味、百年に一人の逸材と言えるかもしれない」

「え、ええと、それは、ミシェルには言ったのですか？」

「剣は危ないからやめておけ、とは言ったが……」

さすがに剣術に全力を尽くそうとしていた妹に、百年に一人いるかいないかレベルでひどいからやめておけとは言えなかったのだろう。

大切だからこそ、ひどいことが言えない気持ちはわかる。だけど――

「たしかに、子供に才能がないと言えないのはわかります。だけど、ミシェルはもう大人です。今からでも遅くないので……どうして剣を与えなかったのか、話してもいいと思いますよ。大切なことは伝えないと、私の家族みたいになっちゃいますから」

おどけて言うと、レオナルド様が目を見開き、顔をこわばらせた。

沈黙が落ちる。ガタガタと馬車が走る音だけが聞こえる空間で、ふいにレオナルド様が微笑んだ。

「ありがとう。本当に、君がミシェルの友人でよかった」

「そう思っていただけているのなら嬉しいです。私もミシェルと友達になれて本当によかったと思っています」

私も私で、ミシェルという愚痴を言える相手を得て、心が軽くなった。もしもミシェルと出会えていなければ、私はこの世のすべてを恨んで羨んでいるような人間に育っていたはずだ。

「これからも苦労をかけるかもしれないが、よろしく頼む」

レオナルド様に頭を下げられて、慌てて顔を上げるように言おうとして、やめる。

否定するのはレオナルド様の――兄としての矜持を傷つけると気づいたからだ。年下の、しかも居候している相手に頭を下げてもいいと思うぐらい、レオナルド様はミシェルを大切に思っている。

そんなレオナルド様をミシェルも大切に思っているのだから――

「ミシェルからの苦労なら、喜んでかけさせてもらいますよ」

私は胸を張ってそう言うことにした。

そんな家族の在り方を羨ましいと思ってしまう自分もどこかにいる。

だけどそれ以上に、ミシェルを大切に思っている人がいることが、嬉しくてしかたない。

私にとっても、彼女はかけがえのない存在だから。

◇◇◇

「お帰りなさい」

ログフェル邸に到着すると、真っ先にミシェルが出迎えてくれた。

「中で待っていてもよかったのに」

私は慌てて馬車から降りて、屋敷の外で待っていてくれた彼女の元に駆け寄る。扉の前に堂々と立つ彼女に苦笑すると、ミシェルはいつものように扇で口元を隠して微笑んだ。

「誰よりも早くあなたを迎えたかったのよ。兄様もお疲れ様」

「ああ……それでは俺はこれで――」

部屋に戻ると言おうとしたのだろう。だけどレオナルド様はすべて言い切る前に、口を閉ざした。

「兄様？」

「いや……その、今さらかもしれないが……言っておきたいことがあると、気づかされた」

言いにくそうに眉間に皺を寄せているレオナルド様に、ミシェルが眉をひそめる。

そして私は私で、どうしたものかと視線をさまよわせていた。どう考えてもこの会話は兄妹だけにしたほうがいい。だけど、ログフェル邸に入るための扉はミシェルが塞いでいる。

退避する場所を探しているうちに、レオナルド様が思い切ったように顔を上げた。

「ミシェル。お前に剣を習わせなかったのは……才能がないからだ」

言い方！　あまりにもまっすぐな物言いに、ぎょっと目を開いてしまう。

もっと、こう、やんわりと――なんてはらはらしている私とは裏腹に、ミシェルは不思議そうに首を傾げるだけだった。

「あら、そんなこと。知ってたわよ」

「知って、いたのか？」

「当たり前よ。私自身のことなのだから、私が一番よく理解しているわ。だから、最近は剣が欲しいとは言わなくなったでしょう？」

「いや、たしかにそうだが、俺はただ、ミシェルに怪我をさせたくなかったから、だと……言いたかっただけで……」

おそらく、レオナルド様が予想していた反応ではなかったのだろう。しどろもどろになるレオナルド様に、ミシェルが小さく笑みを浮かべる。

「ええ、そうね。心配してくれていたのよね。だけど私は剣が習いたかったのよ。たとえ才能がなくても……怪我をしても、自分が選んだことであれば後悔なんてしないわ」

「……すまない。今さらになるが、お前の気持ちを尊重するべきだった」

そう言ってレオナルド様が頭を下げると、ミシェルは一瞬だけいじわるそうな笑みを浮かべ——だけどすぐに思い直したように「気にしないで」と口にした。

「別にいいわよ。私は気にしなくても、兄様は気にしてしまうものね。家族が泣いているところは見たくはないから……これでよかったのよ。それにおかげで、エミリアと友人になれたもの」

するりと私の腕に巻きついてくるミシェルに、少しだけ照れくさくなる。

話はこれでおしまい。そう言うようにミシェルが小さく首を傾げた。

「それで、どうだったのかしら。あなたのお母様については何かわかったの？」

きっと、これ以上はミシェルも気恥ずかしいのだろう。なら友人として、素直ではない彼女の思いを汲んであげよう。私は露骨にそらされた話題に頷く。

「一応、会えたよ」

「一応？」

私の曖昧な物言いに、ミシェルの首の傾き度合いが深くなる。

お母様に会えたと言えば会えた。けれど、母に会えたことに対する感慨よりも、困惑のほうが強く、なんとも言えない気持ちにさせられた——というのはなんと伝えればいいのか。

悩む私を招くように、レオナルド様が扉を開いてくれる。

「……ここで話すようなことではないから、部屋に戻ってからゆっくり話すといい。俺もそろそろ、戻るとしよう」

そう言ってレオナルド様が屋敷に入り、私とミシェルもそれに続いた。

ミシェルの部屋に戻ってから、どう説明したものか再び悩んだ結果、私は結局すべて話すことにした。母が駆け落ちした理由や、セドリックのこと、そしてお父様の金銭事情について。

ミシェルは笑いもせず、その話をただ静かに聞いてくれた。

「……なるほど。駆け落ちするような方だもの。あまり期待はしていなかったけど……そういうこともあるわよね」

そうして最後まで聞き終えたミシェルが言葉を濁す。

ミシェルからしても、母が家を出た理由はあまりにも突飛だったようだ。

まだ、想像していたような痴情のもつれによる駆け落ちだけなら、私も気持ちの置き場所を見つけられただろう。だけど駆け落ちをした理由がとんでもなさすぎて、どう感じればいいのかわからない。ろくでもないと呆れればいいのか、そんなことでと悲しめばいいのか、私への愛情を持っていたことを喜べばいいのか。

ただ、母は聞いていたとおりの人だった、というのは間違いない。

自分の欲求に正直なところは天真爛漫に見えただろうし、産後すぐにならう抜け出せると計画したところは計算高く思える。そして貴族らしからぬ思想の持ち主で、よく笑いよく泣いた。

伝え聞いた母の姿を、私はずっとちぐはぐだと思っていた。

だけどちぐはぐだったのは、母親自身だった。

もう本当に、何を思えばいいのかわからない。

ぐったりと、ベッドの上に倒れ伏す。

「なんかもう、疲れちゃった」

「お疲れさま。今日はゆっくり休みなさい……明日は気分転換に出かけてきたらどう？　ここ最近、夜会以外では外に出てなかったでしょう？　一人の時間を満喫するのも大切だと思うわよ」

暗に私に一人でゆっくり考える時間を作れと言ってくれているのだろう。

ログフェル邸でも頼めば一人部屋をくれるだろうけど、他人の家では落ち着けないと考えてくれたのだと思う。

私はごろりとベッドの上で転がってから、ミシェルに頷いた。

「うん……そうだね。たまにはそうしようかな」

「気に入っている喫茶店があるって前に言っていたでしょう？　たまには顔を出してみるのもいいんじゃないかしら」

私は幼い頃から王都で過ごしてきた。出かける際にはどこに何をしに行くのかお父様に言わないといけなかったけど、家にこもっていられる性質《たち》ではなかったので、暇を見つけては口実を作り、出かけていた。

ただ、お父様からお小遣いをもらったことがない私がよく行くのは安価な店ばかり――どころか店ですらない個人の家もある。

私は、ふと今着ている綺麗なワンピースを見下ろしてから、ミシェルを見上げた。

「そうしたら、私が前に着ていた服を出してもらってもいい？　もらった服はすごく気に入ってるんだけど……ドレスコードがあるようなお店じゃないし、汚しちゃいそうだから」

「汚しても構わないのに」

「せっかくミシェルとログフェル夫人にいただいたドレスだから、大切にしたいの」

そう言うと、ミシェルがつんとすました顔で「そう、ならしかたないわね」と言う。でもそんなミシェルの口元は、少しだけ嬉しそうに緩んでいる。そのことが私も嬉しくて、自然と頬が緩んだ。

第五章　過去との決着

ミシェルに用意してもらい、着慣れた流行遅れかつ地味な服に腕を通す。何度も着たことがあるはずなのに違和感があるのは、上質な生地に慣れてしまったせいだろう。

だけど今日は、このほうがいい。私が行くのは立派なお屋敷でもなければ、貴族ご用達の店でもないのだから。

「それじゃあ、いってきます」

「ええ、楽しんできてね」

髪を結んでミシェルに挨拶をして、馬車に乗ってログフェル邸を出る。ログフェル家所有の馬車は豪華なもので、これから行く場所には向いていない。

だから用意してもらった馬車が向かうのは、大通りまでだ。

御者にお礼を言って、大通りから細い路地に入る。大通りにはいろいろな人が行き交い、観光客や貴族もいるから、並ぶお店も高級品を扱うところが多い。

だけど一本道を逸れたらすぐに、庶民向けの商品を扱う店や住宅が並んでいる。

その中を迷いなく歩き、住居なのか商店なのか悩むような建物に辿りついて、私は深く息を吸ってから戸を叩いた。

「お久しぶりですー！」

「おお、久しぶり、お嬢さん。最近顔を見せないからどうしたのかと思っていたよ」

気さくな店主に、いろいろあってとへらりと笑って返す。

「それよりも、何かお手伝いすることありますか？　なんでも言ってください」

「ちょうどよかった。床を掃除しようと思っていたところでね、手伝ってくれるかい？」

「もちろんです！」

渡されたモップを使って床を磨いて、そのお礼にお茶を奢ってもらう。ログフェル家でいただいていたような味わい深いものではないけれど、ほっこりと温かくなるような優しい味だ。

老夫婦が営んでいる喫茶店は、客入りがいいわけではないけど、穏やかな空気がとても心地よい。家にいたくないときは、よくここに来ていた。

それ以外は顔なじみのおばあちゃんの家で草むしりを手伝って、代わりに茶菓子をいただいたり、子供と一緒に迷い猫を探して、子供の親に果物をもらったり。

行きつけの店主も家主も、私が貴族だと知らない。

たまにちょろっと顔を出して手伝いの代わりに何かもらっていく私を貴族だと思う人はいない——というか、それで貴族だと判断できる人がいたら逆にすごいと思う。

それが、今も昔も心地よい。貴族の間では有名な母を、彼らは知らないから。

「また来ますね」

数時間、思い切り身体を動かして働くと、不思議な充足感があった。

ログフェル邸に帰ってからも、ミシェルに上機嫌だと言われる程度には。

だからついつい、私はその後も、ミシェルの手が空いていないときに出かけるようになった。

数日おきに、多いときは一日おきに、もちろん、一人でだ。

王都はだいぶ治安がよく、ログフェル家に来てからのお出かけはもちろん、子供の頃から何度も王都を歩き回ったけど、一度だって危険な目に遭ったことはない。

人気《ひとけ》のないところには近寄らない。知らない人にはついていかない。知り合いの知り合いだと言われても知り合いが一緒じゃなければ断る。

その三つを守り続ければ大丈夫だと思っていた。

まあつまり、油断していたのだと思う。母との出会いが強烈すぎてうっかり忘れていたというのもあるかもしれない。

「嘘でしょ」

母との邂逅から二週間ほど。お店の扉を開けると、そこにいるはずのない人の姿が見えて、思わず扉を閉め——

「遅かったな」

——る前に、扉を手で押さえられる。

「なんでこんなところにいるんですか、カイオス様」

いや、本当になんで？

貴族ご用達のお店であれば、知り合いとばったり出くわすこともあるだろうし、実際に出くわしたこともある。だけど、今私がいるのは、平民の、しかも個人が経営している貸本屋だ。

さらに、流通しているものではなく、店主が自ら執筆した本だけを扱っている。

本の内容はいろいろな国に伝わるお伽話《とぎばなし》だったり伝承だったりと多岐に渡る。そして、文字の読めない子には読み聞かせも行っているという、子供好きのおじいちゃんが店主だ。

その店主が、扉の向こう——カイオスの向こうで困ったような顔をしていた。それもそうなるだろう。客層は子供がメインで、たまに気の向いた大人が子供のためにと本を借りるぐらいだ。

そんなところにきらびやかな格好をした貴族の男性がいるのは、場違いにもほどがある。

貸本屋がある区画に貴族用のお店はなく、あるのは住宅ばかり。うっかり勘違いで足を踏み入れられるような場所じゃない。

そして、カイオスの「遅かったな」という言葉は、私が目的であることを示していた。

「だ——」

ここまで高速で思考を回し、私はカイオスの隙を突いてくるりと反転し、走り出す。

こういうときは逃げるが勝ちだ。

一拍遅れて、後ろからカイオスの声が届く。ちょっと待てとか言っているが、ここで待つ人なんていない。

時刻は昼前。昼食の材料を買いに来た人や、食事前に散歩をしに来た人が行き交う中を走り抜ける。後ろからカイオスの声が聞こえてくるが、足は止めない。

白昼堂々追いかけるなんて、人目はもういいのだろうか。それとも、貴族でない人の目は人目のうちに入らないのか。

「だから――お前は――少し――」

迫ってくる声に距離が縮まっているのを感じる。この区画における地の利は私にあるけど、体力や体格の面ではカイオスに劣る。

追いつかれるのも時間の問題かもしれない。何か逃げきる術《すべ》はないかと周囲を探る。横道はあるけど、入ったところで追いかけっこは終わらない。民家に入れば家主に迷惑がかかる。

どうすればいいのかわからないまま足をひたすら動かしていると、不意に横道から伸びてきた手に引っ張られた。

「ここにいて」

聞こえてきた声には聞き覚えがあったが、すぐには名前が浮かばなかった。誰がその声を発したのか確認する前に、うずくまった私の視界を布が遮る。

何か大判のスカーフかショールのようなものを被せられているようだ。薄い布の向こうで、誰かが私を隠すように立っている。

「――エミリア……っと」

遅れて、カイオスの声が布越しに聞こえてきた。被せられた布を握り、身じろぎひとつしないように体を硬直させる。

すると、どこか動揺したようなカイオスの声が続いた。

「あなたは……」

「あら、私を知っているの？　こんな若い子にも知られているなんて、私ったら本当に有名になったのね。困っちゃうわ」

のんびりとした声に思わず声が出そうになる。

これは――母の声だ。

きっと頬に手を当てて、本当に困っているような顔でため息を零しているのだろう。

「……ご婦人、こちらに女性が来なかっただろうか」

「いいえ、誰も来ていないわよ。でも私を知っているのならちょうどいいわ。あなた見たところ貴族でしょう？　どこの家の子かは知らないけど、私に協力してくれないかしら。娘に会いたいのだけど、会いには行けなくて困っていたのよ。ここまで連れて来てくれたらお礼はうんと弾むわ」

カイオスの問いに対してまったく悪気なく嘘をつく姿に、思わず納得してしまう。

こういうところが計算高いと評されていたのだろう。無邪気な人ではあるけど、嘘をつかないわけではない。むしろ顔色ひとつ変えずに嘘をつくから、性質《たち》が悪いと思われていたのかもしれない。

カイオスが息を呑む音がした。それから、低い声が返される。

「いえ、それは――申し訳ございません。先を急いでいますので」

「そう？　残念ね。気が変わったら教えてちょうだい。いつでも歓迎するわ」

そして足音が遠ざかっていった。

しばらくしてから、頭から被せられていた布が取り払われ、母が私を覗きこんだ。

「この間とは違う人ね。あそこまで熱烈に追われているなんて、隅に置けないわ」

にこにこと優しく微笑む母の姿に、引きつった笑みを返す。

この間と似たようなシンプルなワンピースを着た母は、私に手を差し出していた。

少し悩んでからその手を掴んで、立ち上がる。

「……ありがとうございます」

「いいのよ。それよりも、また戻ってくるかもしれないわ。逃げているのなら、離れたほうがいいわね」

そう言って、カイオスが行ったのとは逆方向に歩きはじめた母の後を追う。

どうしてこんな所にいるのだろうという疑問は湧くけど言葉にできない。何を話せばいいのか、どう接すればいいのかも決めかねて、ただ黙々と歩いていると、ぴたりと母の足が止まった。

「……それにしても、ちょうどいいところで会ったわ。本当に、どうしたらまた会えるのか考えていたのよ」

「私に、ですか？」

「ほかに誰がいるのよ」

くるりとこちらを振り返り、微笑まれる。

十六年も会っていなかったのに、ほんの数週間しか会っていなかったような気安さだ。いや実際に数日前に会ったのだから、間違っていないのかもしれない。

だけど、私からしてみれば十六年振り――どころか、ほとんど初対面としか感じられない。

「もうすぐここを発《た》つから、その前に会いたかったの」

「……そうなんですね」

「それでね、あなたも一緒にどうかしらと聞きたくて。元々大きくなったら迎えに行くつもりだったから、準備していたのよ」

「……え？」

母の言葉に目を瞬《またた》かせる。そういえば、シュテルンホテルでもそんなことを言っていたような気がする。それどころではなかったので聞き流していたけど、大きくなったら迎えに行くと、書き置きを残したとか言っていたような。

「馬車も準備してあるし、行こうと思えばすぐにでも行けるのよ。今からでも一緒に行きましょう？　それに、一緒に住むお家も目星をつけてあるのよ。きっと気に入るはずだわ」

「それは……」

「必要なものがあるのなら言ってちょうだい。服とかは体形がわからなかったから用意できなかったけど、今からでも間に合うわよね。娘と一緒にお買い物だなんて、楽しみだわ」

そう実の母親に言われて、嬉しい気持ちがないわけではなかった。今までずっと求めていた、私を肯定し求める言葉に、私を愛していた家族がいたことに心が揺れ動く。

だけど同時に、行くわけにもいかないだろう、と冷静な自分が告げる。

前を見ると、母は、私の返事も聞かないままずんずん前を歩いていく。

その背中で痛烈にわかってしまった。

ただ前だけを見て歩いている母はきっと、娘との幸せな生活を夢見てにこにこと笑っているのだろう。そんな彼女は、たしかに娘に愛情を抱いていると言えるだろう。

ただ、その愛情が向かう先は私ではなく、娘という存在に、だ。

一緒に行きましょうと言っても、私が何を望んでいるかは聞かない。私の名前を知って喜んでいたけど、これまで何をしていたのかは聞かなかった。

つまり私がどういう人間なのかに、母は興味がないのだろう。

私は足を止めて、前を行く母に告げた。

「……一緒には行きません」

「そうなの？　よい人がいるからかしら。この間会った方？　先ほど追っていた方は……ないとは思うけど、もしもそうならやめておいたほうがいいわ。駆け引きも必要だとは思うけど、物理的に逃げるのなら、あなたに合っていないのよ」

「どちらも違います。よい人がいるからとか、そういう話じゃないんです。私はあなたがどういう人か知りません。……知らない人には、ついていけません」

私の言葉に、母も足を止めて振り返った。

気づけば私たちは広い道に出ていて、すぐ横を何台もの馬車が通りすぎていく。立ち並ぶ店に入ろうか悩んでいる人や、恋人や友人と連れ立って歩いている人たちが突然立ち止まった私たちを横目で見て、歩いていく。

胸を張って母を見ると、彼女の目は潤んでいた。

「どうして……知らない人だなんて言うの」

揺れる栗色の髪。こちらを見つめる緑の眼。そのどちらも、私とよく似たものだ。母のほうが私よりもはっきりとした目鼻立ちで、体型も女性らしい。だけど確かに私の母親なのだとわかる。

それでも、私はこの人を受け入れることができない。

「私は、あなたがどういう人なのか……何が好きで、何が嫌いかも知りません。あなたもそうですよね。私が何を好きで、何が嫌いか、知っていますか？」

「それは……これから知っていけばいいじゃない」

「だったら、一緒に行くかどうかよりも先に聞くべきだったんじゃないですか」

たとえ母親と娘でも合う合わないがある。長年一緒にいたお父様相手でもそうだったのだから、目の前にいる人と一緒に暮らして満足できるかなんてわからない。

そしてそれは、この人にとっても同じなはずだ。

「もしも私の好きなものがあなたの嫌いなものだったら？　もしも私に恋人がいたら？　もしも私

に離れがたい友人がいたら？　どうしてそういうことを最初に聞かないんですか？」

「別にここを離れたくないって思うのなら、断ってくれたってよかったのよ。無理強いしたいわけじゃないもの」

「それで、私に母親を拒んだという罪悪感を抱かせるんですか？　母親よりも自分の嗜好を、恋人を、友人を取ったことに胸を痛めるとは考えなかったんですか」

この人にとっては言いたいことを言えれば、たとえ私が拒んだとしてもしかたないと諦めるだけで済む。ついでに娘を大切にしているという思いも伝えられて、さっぱりとした気持ちで私の元を去れるだろう。

だけど、それで、私はどうなる。

ずっと会いたいと思っていた母親を拒絶しないといけない苦しみを、ずっと抱いていた期待や願いを自ら断ち切る痛みを、背負うことになる。

たとえ、母がどんな人だろうと、これでおしまいと割り切れるようなものじゃない。

「会いたいと思ってました。ずっと会いたかったです。でも、一緒に暮らしたいと思ったことはありませんでした。だってあなたはこれまでずっと、私の人生にいなかったんですから」

「……エミリア……」

そっと近づいてきた母の手が、私の頬を撫でた。柔らかく、傷ひとつ感じさせない滑らかな手に、唇を噛みしめる。

家を出てからの彼女の苦労はすべて、セドリックが背負っていたのだろう。悲しい思いをした彼女をこれ以上苦しめないように、気を遣っていたのだろう。

「それに、セドリックは……どうするんですか」

「セドリック？　彼のことは気にしなくていいわよ。私には付き合いきれないって言っていたもの」

きょとんと目を丸くする母に、胸の奥が重くなる。彼は何も言わずに、労働へと出向くことを選んだのだろう。本当にこれ以上関わりたくないからだとしても、お母様が勝手に持ち出した資産に責任を感じて、一人で背負うと決めた。

私が今から言うことは、そんな彼の思いを踏みにじることになるのかもしれない。だけど、それでも言わないといけない。

私は小さく息を吸ってから、母をまっすぐに見据える。

「あの人は、あなたが持ち出したアルベール家の資産を返済するために、働くことになりました。だから、少しでも金銭が残っているのなら、彼のためにも、父に返してください」

「それは、残っているけど……でも……」

眉をひそめて渋る母に、視線が落ちる。セドリックはたしかに浅はかで、彼が犯した罪は軽いものではないかもしれない。だけど、間違いなくいい人だった。

母に優しかった彼を見捨てるのなら、どうしても私は母とは一緒に生きていけない。

「……私は一緒には行けません。どこか遠くに行くのなら、どうぞ一人で行ってください」

これで二度と、母とは会わないだろう。決意を胸に、固く目を瞑《つむ》る。

笑えばいいのか、泣けばいいのか、それとも興味がない振りをすればいいのか。

どんな顔をすればいいのかわからない。

感情が定まらなくて、ぐちゃぐちゃのごちゃごちゃのまま目を開けて、目の前にいる母を見つめる。どんな顔で母と別れるかはまだ決まっていないけど、最後に言うべき言葉は決まっている。

さようなら。

そう言おうとした時、——ガタンと音がした。

すぐ近くに馬車が止まり、開かれた扉から手が伸びてくる。遠くでふたつ、私の名前を呼ぶ声が聞こえたけど、それが誰のものかを確認する間もなく、視界が暗闇に閉ざされた。

◇◇◇

何が起きたのかすぐには理解できなかった。だけど大きな揺れと、打ちつけられた木の板の間から差しこむ光が、私と母が、窓の封じられた馬車の中に押し込められたのだと教えてくれた。

「——エミリア」

名前を呼ぶ囁きと共に、隣にいる母が私の手を握る感触が伝わってくる。つい先ほど決別しようとしていた相手なのに、温もりが伝わってくると泣きたいくらいに安心してしまった。

ちらりと周りを見回すと、二人の屈強な男性が、座席と座席の間に転がされた私たちを見下ろしている。そして、一人は板の隙間から外の様子をうかがっているようだった。

私の名前を呼ぶ声があったから、警戒しているのかもしれない。

どうにか逃げ出せないかと考えるが、馬車の扉にはかんぬきがかけられているようだ。開けようとしている間に捕まるだろう。

どうして、何で、と考えても答えは出ない。

ただ幸い、男たちに私たちを今すぐどうこうしようという気はなさそうだ。どうにか彼らの手がかりは掴めないか。何かここから脱出する方法はないか——必死に考えたけど何も見つからないまま、馬車が止まった。

ゆっくりと開かれる扉の向こうに広がるのは、鬱蒼と茂る木々だった。

思わず眉を顰《ひそ》める。

王都の中にこんな場所はない。心当たりがあるのは、王都の近くにある森だがいつの間に王都を出たというのだろう。

そして、王都から出ていく際に、馬車の外側に木を打ちつけられたいかにも怪しい馬車が、検問されることなく門を抜けたことがあまりにもおかしい。つまりそれなりの権力がある人が、彼等の背後にいるということではないだろうか。

狙いは母か、それとも私か。ただ、思い当たることは相当少ない。

私の可能性は低い、と思う。しがない貴族である父の政敵はほぼいない。継母の実家関係であれば可能性はあるが、それなら血の繋がらない私ではなく弟を狙うだろう。

対して、母の場合は、可能性があるとすれば王妃様の実家だけど、今の当主はカイオスの父親だ。

多少なりとも人となりを知っているが、こんなことをしでかす人ではない。

――なら一体誰が、なんのために？

考えている間に、私たちは馬車から引きずり降ろされた。

さっさと歩けとばかりに小突かれて、木でできた小屋に押しこまれる。

そして、そこに答えがあった。

「ごきげんよう」

薄暗い小屋にそぐわない優雅な笑みが私たちを迎える。艶やかな金色の髪はこんな状況でも損なわれず、女性らしい肢体を包む服にも汚れひとつない。

「……なんの用ですか、アリス様」

誰が、はわかった。だけどなんのために、がわからない。

「……どなた？」

それが誰かわからない母だけが、きょとんと首を傾げている。すると、アリス様が愉快なものを見るような目で母を見て、淑女らしい優雅な笑みを浮かべた。

「お初にお目にかかります。ですが、私が誰かなどは些細なこと。覚える必要もありません」

「見たところ貴族のようだけど、名乗りもしないなんて無礼な人ね」

このような状況に置かれつつも、つんとすました様子を保つ母に機嫌がよくなったのか、鈴を鳴らすような笑い声が小屋に響く。

その様子を見ながら私は混乱していた。

こんなところで彼女と相対する理由なんて、どこにもない。彼女はカイオスの新しい婚約者で、リコネイル国の侯爵令嬢であり、リコネイル王の姪。そのぐらいしか、私はこの人を知らない。そして相手も私のことをほとんど知らないだろう。わざわざ会って話すような間柄でもなければ、すれ違ったときに挨拶するかどうかも怪しい。その程度の関係だ。

可能性としてまず浮かんだのは、婚約式での一件だけど、あれからは何も言われなかったし、抗議もされなかった。

それに恨みを抱えていたのだとしても、こんなちょっかいをかけてくるほどではない、と思う。

「もう一度聞きます、なんの用ですか？」

「まあ、用だなんて……しらじらしい」

そう言うアリス様の瞳には憂《うれ》いが浮かんでいる。

怒りも恨みも感じられない。ただ目の前に転がる石を見るような――こちらを対等な人間だとは微塵も思っていなさそうな目をしている。

「しらじらしいと言われましても……本当に、心当たりがないもので」

「約束したのにまだカイオス様に付きまとっているなんて……本当に、ずうずうしい方。そちらにいらっしゃる女性と、おとなしくここを去ればよろしかったのに。そうすれば私も手荒な真似をせずに済んだのよ」

アリス様が頬に手を当て、小さく息を吐く。憂《うれ》うその態度はとても演技には見えない。

カイオス云々はよくわからないけど、この人はたしかに今、手荒な真似と言った。聞き流すことのできない台詞に、眉を顰《ひそ》める。

アリス様は私たちの正面――小屋の壁を背にしていて、その両脇を、私たちをここまで連れてきた男性が固めている。私と母の後ろには扉があるけど、そこには男性が一人陣取っている。

体格差は歴然としていて、逃げるのに手間取れば、すぐに捕まってしまうだろう。

馬車の中よりは広くなったが、大立ち回りできるような空間はない。こんなことなら、サラの小刀をもらっておけばよかった。うまく扱える自信はないけど、何もないよりはましだったはず。

ちらりと母を盗み見る。彼女が纏う服は本当にシンプルで、中に剣を隠していたりはしていなさそうだ。となると、母に頼るのは難しいだろう。

ミシェルならば、ちょうどいいところに盾があると判断するかもしれないが、さすがに私はそこまで思い切れない。

必死に現状を好転させる方法を考えていると、母の緑色の瞳がアリス様を見上げた。

「よくわからないけれど、エミリアが邪魔だと、あなたは言いたいのね。それならどうするのかしら。その人たちに命令して手籠めにでもするつもり？」

「まあ、ご冗談を。私、そこまで野蛮ではありませんのよ。それにそんなことをして、なんの意味があるというの？　この方を手籠めにすることにどれほどの価値があるとお思いで？　私からすれば、雀の涙ほどの価値もございません。ですので、人前に出られない程度の傷を負っていただくだけです」

――もちろん、顔に。

そう言って、アリス様が微笑む。

その物騒なやり取りに顔を歪める。

そもそもいったい私がいつカイオスに付きまとったというのか。それに約束なんてした覚えも――そういえば、婚約式で余計なことはしないと約束したような。

だけど、私は何もしていない。カイオスにもアリス様にも近づこうとすらしなかった。

私が黙りこくったままでいると、アリス様は私たちから視線を外し、両脇にいる男性をちらりと見た。

「それではどうぞ、はじめてくださいな。ああ、そちらの女性には用はないので、好きになさっていただいて構わないわ」

ふわりと微笑んで、アリス様が小屋の隅に移動する。そして高みの見物とばかりに、そこに置いてあった椅子に腰かけた。

同時に目の前にいる男性二人の剣が抜かれる。

もう考えている暇はない。一か八かに賭けて、扉に突進しようと身構える。

「――無礼者」

私と、男性たち、それらの動きをすべて制するように、凛とした声が響いた。

「私をアンカーソン伯爵が一人娘、マリエル・アンカーソンと知っての狼藉ですか」

そう声を発したのは母だった。ぴんと伸ばした背筋に、小さいけれど迫力のある声。男性を見据える目は冷たく、生粋の貴族であることがわかる威圧感。

それに気圧されたのか、あるいは盗賊狩りに勤《いそ》しんでいるアンカーソン家の名に尻込みしたのか、男性二人の動きが止まる。

なんにしても、この隙を見逃す手はない。

私は母の手を取りながらくるりと振り返り、そこにいる男性の急所を蹴り上げた。

わずかなうめき声と共にうずくまる男性を横目にドアノブをひねると、なんの抵抗もなく開いた。

——よかった、鍵はかかっていなかったようだ。

罵倒が後ろや下から聞こえるが、構っていられない。母の手を引っ張りながら駆け出す。

だけどどこまでも広がる木々は逃げる指針を与えてはくれない。王都に向かっているのか、それとも真逆に逃げてしまっているのかすらわからない。

でも、足を止めることはできない。止めればすぐに捕まってしまう。

闇雲に逃げて、街道でもなんでもいいから出ることを祈るしかない。

私に手を引かれながら、母が「あら」と小さく呟く。

「そういえば私はもうアンカーソンじゃなかったわ」

「いや、まあ、そうなんですけど！　でもお陰で助かりました」

「ってめぇ！　おいこら、待てや！」

とぼけた母の声に緊張感が削がれそうになりながらも、気を引き締めなおす。動きやすくても、こちらは女性が二人だ。しかも特別鍛えているわけでもない。

そうすると追いつかれるのは時間の問題だ。となれば、迎え撃つしかない。

母の手を離し、距離を測る。男性一人が先行していて、もう一人とは距離が開いている。

少しだけ速度を落とし、母を先に行かせる。

縮まった距離に、男性が手を伸ばし――完全に伸びきるタイミングで足を止め、男性の懐に入る形で伸びた腕と服を掴み、走ってきた勢いを殺さぬまま前に放り投げる。

どしん、という大きな音がして、ぴりぴりとした痛みが伝わってきた。

「いったああ」

非力な私では普通にやったら持ち上げられる気がしなかったので、勢いを利用したけど、手首が変な方向に曲がりかけた。それに肩も腕も痛い。もう絶対、こんなことしない。次やったら体のどこかしらを折る自信がある。

この技を教えてくれたサラには悪いけど、背負い投げは封印しよう。

でもとりあえず背中を強く打ち付けたのだから、すぐには動けないはず。

残る一人は――

「エミリア！」

ぐい、と母に身体を引き寄せられ、巻きついてきた母の腕を大きめの石が掠める。

母の体越しに、肩で息をしながら近づいてくる男性の姿が見えた。石を投げたのも彼なのだろう。

重なり合う木の葉の隙間を縫って降り注ぐ陽の光の中、こちらを見下ろす男性の体が大きく見えた。

「余計な手間をかけさせるんじゃねぇよ」

苛立ちのこもった声。それは走らされたことに対してか、あるいはやられてしまった仲間を思ってのものか。

どちらにせよ、抱いた鬱憤の行く先は決まっている。

アリス様が命じたのは、顔を傷つけろという一点だけ。どんな風にとか、それ以外には何もするなとかは言っていない。鬱憤をどう晴らすかは、この男次第だ。

追いつかれ、手元には何もない。これから訪れるだろう災厄を思い、体をこわばらせる。

「エミリアに手を出したら、ただじゃおかないわよ！」

ぎゅっと私を抱きしめて、震える体で母が私を庇う。その向こうで、男が呆れたような笑い声を上げた。

「ただじゃおかないって、何ができるんだよ。ああ、そういえばアンカーソンだと言っていたな。でもまあよく考えたら、バレなきゃ問題ねぇよな」

バレなければ問題ないということはつまり、私たちが誰にも犯人について訴えられないようにするということで。死刑宣告にも等しい言葉に固く目を瞑《つむ》ると、母が私を強く抱きしめたのを感じた。

続いて閉ざされた視界の中聞こえてきたのは、何かが風を切る音と、呻き声。

そして、母の「あら、やだ」というとぼけた声だった。

あまりにも場違いな母の声に、閉じていた目を開ける。

「困ったわね。血って中々落ちないのよね」

心底残念そうに言って、母は私に巻き付かせた腕を解いた。服についた汚れを確認するためか、うっすらと届く陽の光に照らすようにワンピースの裾を翻《ひるがえ》したりしている。

地面を見下ろせば、胴体から突き刺さった剣を生やしたまま倒れている男がいた。

一瞬、母が何かしたのかと思ったけど、こんなに長い剣を隠せるような場所はない。

吐き気を堪えつつ剣を見ると、剣の柄には精巧な模様が彫られているのに気がついた。おそらくは貴族、しかもそれなりの立場にある者の品だということがわかる。

ならば、一体誰が――

「す、すまない。急いでいたもので――」

疑問の答えはすぐにやってきた。木々の合間を抜けるように声が届く。

それはこの数週間で、ずいぶんと馴染んだ声だ。

「エミリア嬢……大丈夫か？」

「……レオナルド様？」

ぼんやりとした私の声に、木立から姿を現したレオナルド様が柔和な笑みを返してくる。

どうしてこんなところにいるんだろうとか、男から生えた剣はまさかレオナルド様が投げたものなのだろうかとか。取り留めもないことを考えながらぼんやりと見上げると、ミシェルと同じ薔薇色の瞳が虚空をさまよった。

何かを考えているような素振りの後、私の前にレオナルド様の手が差し出される。

「動けないようなら、手を貸すが……」

「あ、いえ、大丈夫、です。助けてくださって……ありがとうございます？」

いろいろなことを頭の隅に追いやって答えると、すぐに差し出された手が引っこんだ。

それからレオナルド様は地面に倒れている男を見下ろして、その背に生えていた剣を引き抜くと腰に下げている鞘に納めた。零れ落ちる血が靴につくのを嫌がったのか、母が軽やかな足取りで距離を取る。

そんないまいち現実とは思えない光景を、いまだにぼんやりとした頭で見ていたら、レオナルド様が心配そうな眼差しを向けてきた。

「……急いでいたため、手荒な方法になってしまいすまない。あまり見ていて気持ちのいいものではないだろうから、離れるとしよう」

そう言って、先陣を切るようにレオナルド様が歩きはじめる。

その後を母が追い、私も続く。

「あの……レオナルド様はどうしてここに」

倒れていた男から離れてようやく、頭がはっきりしてきた。片隅に追いやっていた疑問も戻ってきた。黙々と歩くのもなんとなく気まずいので、聞いてみる。

するとレオナルド様はこちらを振り向いて、ばつの悪そうな顔をした。

「……それは……少し言いづらいのだが、君が街へ出かけるときにはひそかに警護をしていたからだ。気分転換も兼ねての外出だとわかってはいたが、完全に一人にさせるのもどうかと思い、ミシェルと話し合った結果……気づかれなければいいだろう、と。君の意思を無視してしまい、申し訳ない」

申し訳なさそうに眉尻を下げる彼に首を横に振る。

「いえ、それは……こうして助けられたので、大丈夫ですよ。本当にありがとうございます」

「君が母君と会ったのを見て、これ以上家族の問題に首を突っこむのは野暮だろうと距離を取ったのも……仇《あだ》になった。警護を任されておきながら危険にさらしてしまって……申し訳ない」

レオナルド様はぎゅっと顔をしかめて、真剣な表情を保たせようとしている。意気消沈している姿を見せたら、私が気を遣うとでも思っているのかもしれない。

「むしろ気を遣っていただいてありがとうございます。私に危険が及ぶなんて、予想できることじゃないですし」

私は友人が少なく、社交の場でもあまり交流しない。お父様はしがない木っ端貴族で、政敵なんてほとんどいない。つまり誰かに恨まれるほどの付き合いが私にはない。こんなないないづくしの私が、誰かに狙われる日がくるとは思わなかった。

そこまで考えてハッと目を見開く。

「あ、そういえば……アリス様は……あの、私を攫ったの、アリス様なんですけど」

「それについては……恐らく、捕まえているはずだ。それも助けるのが遅くなった理由のひとつなのだが……」

そこで、レオナルド様がものすごく言いにくそうに、顔をしかめさせる。

そして少しの間を置いて、ゆっくりと口を開いた。

「……ミシェルとサラ嬢とカイオス卿が彼女を捕まえる手筈になっている」

どうしてそうなった。

サラは間違いなく、私を訪ねてミシェルのもとを訪れたのだろう。だけどどうして、カイオスの名前まで出てくるのか。単にアリス様を探しに来た――のなら、捕まえているとは言わないはず。

何がどうなっているのかわからず、ぱちくりとまばたきを繰り返す。そんな私にレオナルド様は口元に苦笑を浮かべた。

「君が馬車に連れこまれ、追う手段を探していた時に、同じく君を探していたカイオス卿に出くわした。……そこでカイオス卿に、君が連れていかれた先に心当たりがあると言われたんだ」

「……なるほど」

なるほど、攫われたときに聞こえてきたふたつの声は、カイオスとレオナルド様のものだったのか。

「カイオス卿が君を探す理由は気になったが、そんな場合ではなかった。俺は馬を使うためにカイオス卿と共に屋敷に戻り――君の帰りを待っていたミシェルとサラ嬢に事の顛末を話してから、この森で二手に分かれたんだ」

私をようやく見つけたと思ったら追われていて、思わず剣を投げてしまったらしい。

柄でもなんでも当たればいいと考えて投げた剣は、偶然にも刃先のほうが突き刺さり、男の命を絶った。その偶然を幸運と思えばいいのか、それだけの勢いで投げつけたレオナルド様をすごいと思えばいいのか。

「……ええと、レオナルド様が来た理由はわかりました。でもどうしてそれで、ミシェルとサラまで森に……？」

「君の危機を聞いて準備を終えたら来ると言っていたからな。……そこまで時間はかからないだろうから、おそらくはもう到着しているだろうと……思っただけだ」

「準備……？」

わかったような、わからないような。いや、やっぱりわからない。

一番わからないのは、どうしてカイオスが私を救出する側に混ざっているのか、というところだ。

彼はアリス様の婚約者で、アリス様に協力していてもおかしくない。

「ミシェルとサラが何か準備しているのはわかったのですが……カイオス様はなんの関係が？」

「俺たちもどうして協力するのかと問い詰めた。罠の可能性も考えていたのだが……しかしなんというべきか……おそらく、本人から聞くのが一番だろう」

言葉を濁すレオナルド様の後ろを歩く私には、彼がどんな顔をしているのかわからない。

わからないことだらけで、話してもらっているのに謎が深まっていく。

「ええと、それで——」

さらに質問を重ねようとしたところで、私たちのものではない女性の声が聞こえてきた。

「私が何をしたとおっしゃるの」

そんな、とぼけた声が。間違いなくアリス様だ。

木々の合間を抜け、少しだけ開けた場所に、レオナルド様が教えてくれた面々が立っていた。

ミシェルにサラに——何故かアリス様を後ろ手に拘束しているカイオスがいる。

「あら、遅かったわね」

「これでも急いだつもりだ」

私たちが来たのに気づいたミシェルがちらりとこちらを見て、口角を上げる。

「大丈夫？」

「ミシェル、ありがとう。私は大丈夫だけど……これってどういう状況？」

「あなたに危害を加えようとした無礼者を捕らえているところですよ」

サラが真っ黒なヴェールに、意味があるのかないのかよくわからない扇を当てながら言う。

するとカイオスに腕を拘束されたアリス様が、普段通りの言葉遣いで抗弁した。

「無礼者だなんて、言いがかりはよしてくださる？　私は散歩をしに来ただけですのに……それとも、他国の者は散歩する自由もないとでも？」

そう言って、堂々と私たちを見つめるアリス様に、ミシェルが薔薇色の瞳を細める。

「あら、白々しい。あなたが雇った者を問い詰めても同じことが言えるかしら」

「お好きにどうぞ。私はやましいことなどしておりませんもの。もしも、その『雇った者』とあなたたちが呼ぶ方々から私の名が出てきたとしても、あなた方がそう言えと命じたと他の方は思ってくださるでしょうね」

小さく微笑むアリス様の目には、焦りも何も浮かんでいない。彼らを拷問したところで自分の名前が出ないとわかっているからこそ、あるいは出たとしてもしらを切りとおすことができると信じているからこそ、こんな顔ができるのだろう。

アリス様の悠然とした笑みに、サラがパチンと扇を閉じた。

「わかりました。それでは埋めましょう」

「――は？」

「幸運にも、この場にはあなたの味方はおりません。ですので、あなたを埋めたとしても私たちの仕業だと気づかれることはないでしょう。失踪した婚約者探しにカイオス卿が奔走することにはなると思いますが、その程度で済むのなら安いもの。リコネイル国という後ろ盾が、死者の国でも使えることを祈っていてください」

そう言って、サラのヴェールが揺れる。どこか埋めるのに適した場所はないかと探すように。

ヴェールの下の顔が見えないうえに、淡々とした声で本気か脅しかわからない言葉を投げかけられて、初めてアリス様の顔に焦燥が浮かんだ。

「じょ、冗談ですわよね。ねえ、カイオス様。カイオス様はそのようなひどいことを私にすることを許さないでしょう？」

自らの腕を拘束しているカイオスを見上げ、アリス様がねだるように小首を傾げる。

だけどカイオスは固く口を閉ざし、何も言わない。

「わ、私を幸せにしてくださると、おっしゃったではありませんか。約束してくださったというのに、違《たが》えるおつもりですか。愛しているとおっしゃったのは、嘘だったのですか」

アリス様の大きな目に、涙がたまる。その姿にカイオス様はぐっとこらえるような表情になって「すまない」と項垂れた。

ひどいと、アリス様は涙を零す。そしてカイオスにすがるように身を寄せようとして――カイオスに掴まれた手が痛んだのか顔を歪める。その悲愴感溢れる姿を見て、痛めつけたくないと思ったのか、カイオスの手が少しだけ緩んだ。

「ひどい人」

その瞬間、アリス様はカイオスを突き飛ばして走りだした。だけど、右には剣を腰に携えているミシェル、左には、帯剣したレオナルド様と私たちが立っている。

扇以外は何も持たず、一人で立っているのは、アリス様の正面にいるサラだけだった。

だから、まるで決められた道を歩くようにまっすぐ、アリス様はサラのほうに向かっていった。

「そこをどいて！」

焦りと恐れ、それから怒りが入り混じり、これまでにない剣幕でアリス様が叫ぶ。

だけどサラは護身用の小刀をいつでも持ち歩いているし、体術の使い手だ。ラファエル殿下が床に叩きつけられたのを何人も目撃していた。この国の貴族で知らない人はいないぐらい、サラは有名人である。

だからサラならなんとかなる。そう思って気を抜いていたら――

「きゃっ」

これまで聞いたことのない声がヴェールの下から聞こえてきた。ギラギラとした目をしたアリス様がサラを地面に突き飛ばし、走り抜ける。レオナルド様と私が走りだそうとしたけど遅かった。

そして、木立の中にアリス様が消え――何故かすぐに彼女の悲鳴が聞こえてきた。

「ああ、まったく。暴れるな」

遅れて、聞き覚えのある声がした。木々の合間からアリス様と、アリス様を小脇に抱えたラファエル殿下とトラヴィス殿下が現れる。

なんでここに、とか、どうしてアリス様を、とか。

いろいろなことが頭を駆け巡り。

「重くないんですか？」

なんて、どうでもいいことを聞いてしまった。

「ん？　ああ、まあ鍛えてはいるからな。小娘の一人ぐらいはなんとかなる」

そうか、鍛えると女性一人小脇に抱えるぐらい余裕なのか。

でもラファエル殿下は筋骨隆々には見えないし、背ものすごく高いというわけではない。だから、か、抱えられたアリス様の長い髪が地面をなぞっている。

「私が何をしたと言うの。あなた方は関係ないでしょう」

逃げ出せないと諦めたのか、アリス様が不貞腐れたように言う。

トラヴィス殿下はちらりと地面に倒れたままのサラを見て、肩をすくめた。

「さすがにこれほど状況が揃っていて、証拠不十分で逃げ切れるとは思わないでほしいけど……まあ、そうだね。君がリコネイル国での権力をすべて用いるというなら……可能かもしれない」

「なら、今すぐに解放してくださる？」

「でもね、アステイル国の皇太子であるラファエル。そんな彼の未来の妃になるかもしれない人を傷つけた罪は、見過ごせないだろう？」

「未来、の……？」

アリス様がぐぐっと顔を上げて、困惑したような顔をさらす。

「ああ、そうだ。彼女――サラは、このたびめでたく俺の妃候補になった。俺の妃候補であるサラの友人を誘拐し、傷つけようとした罪……そして、今まさにサラを傷つけたことについて、正式に抗議させてもらう」

ふふんと何故か自信満々にラファエル殿下が微笑む。いくら隣国の王の姪という立場だとしても、さらなる大国であるアステイル国から抗議をされれば、事件をもみ消すことは難しいだろう。

ただ、そんな話よりも私の頭はサラとラファエル殿下のことでいっぱいだった。

――サラが、皇太子殿下の妃候補！　信じられない。サラはあんなに彼をいやがっていた。それなのにどうして？

もう駄目だ。完全に話についていけない。

混乱していると、まとめるようにトラヴィス殿下が肩をすくめて言った。

「というわけで……アリス嬢、連行させてもらうよ」

アリス様が地面に投げ出され、その手をレオナルド様が縛り上げる。

そしてちらりと、レオナルド様が私を見上げた。

「彼女は責任持って、俺が連れていく。……それで、構わないだろうか」

「え、ええ。レオナルド様でしたら、信用できますし、大丈夫です」

辺境の地を守護する家系で、ミシェルに堅物とまで言われる方だ。

令嬢一人を取り逃がすなんてことは万が一にもないだろう。

「それじゃあ僕たちは森の外に馬車を待たせているから、そちらに向かおう。サラ嬢の容態も医師に見せないとね」

そう言って、トラヴィス殿下が微笑むと、ラファエル殿下が地面に倒れこんでいたサラに手を差し伸べた。だけどサラはその手を取らずに自力で立ち上がり、ぽんぽんとドレスについた土を払う。その姿はどこをどう見ても健康そのものだ。

何がどうなっているのかまったくわからないまま、先を歩く彼らを追う。

そうして森の外に出ると、やたらと豪華で大きな馬車が一台と、こぢんまりとした馬車が一台止まっていた。おそらく、トラヴィス殿下が手配してくれたのだろう。

だけど、どうして二台もあるのだろう。

「それじゃあ、悪いんだけど……えーと……アルベール夫人……でいいのかな。あなたはそちらの馬車に乗ってくれるかい？」

トラヴィス殿下の目が、ここまで何食わぬ顔でついてきた母に向く。

そして示されたのは、こぢんまりとしたほうの馬車。母はきょとんと不思議そうに、首を傾げた。

「まあ、一人で乗れとおっしゃるの？」

「もちろん、一人ではないよ。僕も同乗する……と言いたいところだけど、カイオスと一緒に乗ってもらうことになる。いろいろと証言してもらいたいこともあるからね」

トラヴィス殿下は苦笑して、馬車に乗るように母を促した。

彼が高位の貴族であることは、先ほどの話の流れで母もなんとなくわかっているだろう。だがきっと、彼が王子であることには気づいていない。もしも気づいていたら、不思議そうな顔なんてできるはずがない。

なにしろ、トラヴィス殿下の母親は、私の母が元王太子を篭絡したせいで婚約を破棄されたのだから。

「――お母様」

頷いて馬車に乗ろうとしたお母様を思わず呼び止める。

こうしてお母様と会うのはこれが最後かもしれない。お母様がこれからどうなるのかはわからないけど、お母様は元々王都を出るつもりでいた。

「どうしたの。エミリア」

緩く首を傾げるお母様は、出会った時と変わらない笑みを浮かべている。その穏やかな顔に、先ほど事情もわからないのに私を庇ってくれた姿を思い出す。

あの時だけは、笑わずに毅然と前を見据えていた。私を――娘を守るために。

彼女が私自身を愛し慈しんでいるわけじゃないことはわかっている。だけどそれでも、私を『娘』だと思ってくれていて、私を『家族』として受け入れていることが伝わってきた。

親の温もりを、愛を感じられたことが嬉しくて、だけどお母様が見ているのが私自身ではないことが悲しくて――複雑な思いを抱きながら、小さく息を吸ってお母様を見上げる。

「あなたが……私を大切に思ってくれていたのは……わかりました」

「ええ、そうよ。私はいつだって、あなたのことを覚えていたわ。いつか大きくなった日に会えることを夢見ていたの。だから、一緒に――」

「でも、私は行けません。お母様以上に大切な人がいるんです。ずっとそばにいてくれた人たちがここにいるから、私の居場所はお母様のところではなく、ここなんです」

――お母様についていけば親の愛をもっと知ることができるのかもしれない。娘として愛される喜びを得られるのかもしれない。

だけどきっと、それでは満足できなくなる。私自身を愛してほしいと願うだろう。そしてお母様が私の思いに応えられないことは、これまでのやり取りでわかっている。

だから私は、『娘』を愛しているお母様ではなく、『私』を大切に思ってくれている人たちがいるここがいい。

はっきりと決別の言葉を告げる私に、お母様はぎゅっと胸元で手を握った。わずかに緑色の瞳が潤むけど、涙は零れていない。

「そうなの……迎えに来るのが、遅かったようね。そんなに大きくなっていたなんて、知らなかったわ」

お母様は「当たり前よね」と小さく呟くと、儚げな笑みを浮かべた。

「セドリックのことだけど……残っているお金はちゃんと返すから、安心してちょうだい」

「……本当、ですか？」

「ええ。実は、持ってきたお金はあなたと生活するために残しておいたの。だけど、こうなったらあってもしかたないもの」

くるりと背を向けて馬車に乗りこもうとするお母様に、私は最後の言葉をかける。

「足りない分も返してくださいね」

「考えておくわ」

それだけ言って、お母様はこちらを振り返ることなく、馬車に乗りこんだ。

見届けてから一歩下がると、トラヴィス殿下がカイオスに呼び掛ける。

「それじゃあカイオス。そちらは任せたよ」

「……わかりました」

カイオスは渋々といった様子で頷いてから、何故かちらりと私を見た。

「……エミリア」

しかも見るだけでなく、話しかけてきた。

「……今度、話す時間を作ってくれるか？」

神妙な顔つきに、周囲の様子をうかがう。トラヴィス殿下はにこにことよくわからない笑顔を浮かべていて、ラファエル殿下はサラを見ていて、サラの顔はヴェールに隠されていて――駄目だ。

誰も参考にならない。

ならば、とミシェルのほうに顔を向ける。最後の頼みの綱だ。

ここで頼りになるのは、もうミシェルしかいない。

だけど彼女はカイオスに対して何かを言うわけでもなく、小さく頷いた。

「どうしても話したいそうよ」

「……そう。わかった」

あれほどカイオスに怒ってくれていたミシェルがそう言うなら、本当に伝えるべきことがあるのだろう。私はカイオスに向き直る。

「場所はログフェル邸で、ほかに人が一緒にいてもいいのなら……お話します」

「ああ、それでいい」

ありがとう、と何故か笑って言うカイオスに、私の頭はさらに混乱に落とされた。

そうして残された全員で大きな馬車に乗りこんだ。

わずかな揺れと共に、馬車が動き出す。車輪もずいぶんといいものを使っているのか、私の知っている馬車よりも揺れが少ない。これが王族の力か。

「……大丈夫？」

「え!?　う、うん！　こんな馬車初めてだからちょっと緊張してるけど、大丈夫」

私の隣に座るミシェルがうかがうように見てきたので、安心させるように勢いよく頷く。

ログフェル家の馬車は何度か利用させてもらったことがあるけど、なんと言えばいいのか、この馬車は別格だ。椅子もふかふかで柔らかく、滑らかな手触りを感じる。それでいて揺れもほとんどなくて、実家で使っていた馬車はなんだったのかと思ってしまうほどだ――などと熱弁するとミシェルがくすりと笑った。

「そういう意味じゃないのだけど……まあ、大丈夫そうね」

その姿にはてと首を傾げる。

そういえば、思わず馬車に気を取られていたけど、まだ何もかも事情がわからないままだった。忘れていたわけではないけど、あまりにも座り心地がよすぎて、思わず。

「えぇと……結局どうして、ミシェルたちが助けに来てくれたんだっけ」

そうね、と小さく呟いてミシェルが話しはじめる。

「あなたがさらわれたと聞いたときは、頼りにならない兄を縊《くび》り殺してやろうかと思ったのだけど——」

そんな、物騒な言葉からはじまった話を要約すると、私が攫われたことに気がついたレオナルド様は急いでミシェルのところに戻り、事の顛末を話したそうだ。

そして、カイオスが主犯はアリス様だと零したことを伝えたという。

「アリス嬢はリコネイル国王の姪で、しかもカイオス卿と婚約するために和平まで持ち出すほど、可愛がられているわけでしょう？　そんな相手が主犯だと、捕まえても裏でどんな取引をされるかわかったものじゃないと思ったのよ」

ミシェルは紫紺の髪を手で梳《す》きながら、にっこりと微笑んだ。私はその獰猛な微笑みを恐れながら首を傾げる。

「だから、トラヴィス殿下たちを？」

「ええ。いい案だったと思うわ」

我が国の司法が、権力に屈することなく正義を貫けるか保証はない。だからミシェルはすぐに自らの知る中で最も権力があり、一応は信用できるトラヴィス殿下に協力を求めたそうだ。

そして、トラヴィス殿下の悪友であるラファエル殿下もそこにいたのでついでに。

「それであなたを救出するために、サラがラファエル殿下の求婚……ではないわね。婚約者候補にならないかという誘いを受けたのよ」

「そんな……！　なんで、私のためなんかにそこまで……自分を犠牲にしなくてもいいのに」

私は、ようやく知ることのできた婚約理由に目を見開いて、向かいに座っているサラを見る。

サラは彼を投げ飛ばしてからずっと、ラファエル殿下を避けていた。目立ちたくないからというのも理由のひとつだと思うけど、まず何より、彼がサラの好みのタイプではなかったからだと思っていたのに。

しかし、サラは首を横に振って、黒いヴェールを揺らすばかりだ。

「……渡りに船というだけですので、エミリアが気に病むことはありませんよ。実家から、アステイル帝国から搾れるだけ搾れと……いえ、我が国の技術や文化を広め、販路を獲得してくるように言われてはいましたので」

「そうなの……？　それならいいけど、本当に、無理してない？　大丈夫？」

「ええ、もちろん。所詮は候補ですから、後でどうとでも言いくるめて辞退させていただくつもりです」

それならよかった、とほっと胸を撫で下ろす。私のせいで大切な友人の人生が潰されたかと思った。

するとサラの隣でラファエル殿下が顔をしかめる。

「なあ、なんだか俺、ずいぶんな言われようではないか？」

「あら、当たり前じゃない。私の友達なのよ？　それだけの胆力があるに決まっているでしょう」

ラファエル殿下のひそひそ声に、ミシェルが答える。

その顔は何故か自信満々で、話を聞いていたトラヴィス殿下が苦笑を落とす。そして彼は、咳払いをひとつ落としてから、それはともかく、と話の続きを引き取った。

「さて、それでミシェルから話を受けた僕たちは……相手が権力を行使してくる可能性が高いのなら、こちらはそれ以上の権力で押しつぶそう、という結論に達したんだよ」

つまり、サラという婚約者候補――妃候補を害したという罪を、トラヴィス殿下とラファエル殿下の前で犯させる。王族二人が目撃し、彼女が傷をつけられたという診断が出れば、言い逃れは難しいだろう、ということだ。

そういえば、サラはあの時、あまりにも普段とは違う儚さで、アリス様の突進を受けて倒れていた。

まさか、と思って彼女を見ると、ひらひらと両手を振られてしまう。

「……全部演技だったってこと？」

「なんのことかわからないけど、まあそうなるかもね」

そう語るトラヴィス殿下は、悪い笑顔を浮かべている。そういえば、トラヴィス殿下は悪い男代表の友人としてミシェルに選ばれていたけど、悪い男ではない、とは言われていなかった。

わずかに顔を引きつらせる私を気にすることなく、トラヴィス殿下は言葉を続ける。

「もちろん、アリス嬢には君を拉致した容疑もかけるつもりだけど……君は、その……いや、君自身がどうこうではなく、君の親を快く思っていない人物も少なくない。過去の悪評を利用して、君が不利になる証言をしてくる者が出てくる可能性も考慮に入れ、サラ嬢に危害を加えたという罪状も追加することにしたんだ」

親、というかお母様のことだろう。お母様が色々やらかした世代は今もまだ現役で、私が着飾っただけで彼女の名前を呟いてしまう人がいるほどだ。

アリス様がこの国に来てからまだ日は経っていないから、そういった勢力にまで手を広げているとは思えないけど、念には念を入れたのだろう。

それ自体にはこれといって不満はない。罪の捏造とか、まっとうな正義とか、そんなことを追及するつもりもない。権力って怖いな、とは思うけど。

最終章　事の顛末

攫われた翌日。昨日の疲れからか熟睡してしまった私が起きたのは、陽が高く昇ってからだった。

私が起きた時には部屋の主であるミシェルの姿はなく、代わりにベッド横の机に軽食が置いてあった。起きたら食べなさいとメモが添えられていたので、ありがたく頂戴する。ミシェルの心遣いが身に沁みた。

着替えを済ませて、軽く伸びをした私は、今日は何をしようかと考える。さすがに昨日の今日でどこかに出かける気にはならなかった。

のんびりお茶でも飲もうか――そう思ったところで、こんこんと遠慮がちなノックが聞こえた。

「はーい。どうかしましたか？」

「客人がいらしていますので、応接間までお越しください」

そう言って、ノックの主であるメイドさんが楚々と頭を下げる。

私はわかりましたと頷いて、メイドさんの案内のもと応接間に向かった。

「……カイオス、様？」

そして扉を開けて、その先にいた人物を見て目を丸くする。

淡い金色の髪に、薄い水色の目。どこからどう見ても、カイオスだ。気づいたらいて、気づいたらいない、ここ最近神出鬼没にもほどがあったカイオスが、今日も思いもよらない場所にいた。

「お客様って、カイオス様のことだったのですか？」

「はい」

他に誰かいないだろうかと目を凝らすけど、カイオスしか見えない。他には誰もいない。

メイドさんがそっと部屋の隅に待機する。二人きりになるということはないみたいだとひそかに安心して、背筋を伸ばす。

「え、ええと、今日はどうかされたのですか？」

いつも以上によそよそしく言いながらカイオスの向かいに腰を下ろす。

カイオスの眉間には皺が刻まれ、どことなく心苦しそうな顔をしているような気がしなくもない。

「話したいことがあると言っただろう」

「昨日の今日で来るとは思っていませんでした」

そう言うと、カイオスの眉間の皺がますます深くなった。

「……その、いろいろ謝りたいと思って……いてもたってもいられなかったんだ」

「謝る、ですか？」

思わぬ言葉に目を瞬《またた》かせる。何に対してだろう。心当たりが多すぎて困るぐらいだ……と思っていると、カイオスが再び口を開いた。

「ああ。アリス――あの女が、こんな凶行に出たのは、俺のせいだ。俺があの日、あいつを助けたりしなければ……」

「助ける――」

そう言われて、婚約式でセドリックが歌った詩のことを思い出した。獣に姫が襲われていたのを勇敢な騎士が助けたとかなんとか、歌っていた。何かの比喩かもと思っていたけれど、どうやらそのままの意味だったらしい。

「その挙句、彼女は勝手に俺に惚れたと言ってきて、しまいには婚約したいと言いはじめた。しかも和平まで持ち出して……結局、俺にその婚約を断ることはできなかった」

「はあ、そうなのですね」

「しかも、ほかに婚約者がいると断ったら、その人がいなくなればいいとか言い出して……婚約を受け入れたら受け入れたで、前の婚約者をなんとも思っていないことを証明してほしいとか言ってきたんだ」

「それはそれは、なんとも厄介なお話ですね」

「だから……すべて、俺の本意ではなかった。だが、俺が本気であの女を愛していないことを感じていたのだろう。あいつはお前のことを気にしていて……警告しようにもお前は逃げてばかりで伝えようがなく……こういった事態になり、本当にすまなかった」

深々と頭を下げるカイオスを見下ろしながら首を傾げる。

つまり、どういうことだろう。私がカイオスから逃げなければ、アリス様に拉致されることはなかったと言いたいのだろうか。でも自分を嫌っている相手が追ってきたのだから、逃げるのもしかたないと思う。

それになんだか、それがこの話の本質ではないような。

「それで……何がおっしゃりたいのですか」

私の問いに、カイオス様が顔を上げた。何やら意を決したような顔つきで、まっすぐにこちらを見ている姿に顔を顰める。

何か突拍子もないことを言いだしそうな——という嫌な予感は的中した。

「もう一度、俺と婚約を結んでほしい」

「え、いやですよ」

間髪容れず答えると、カイオスの顔がぴしりと固まった。

さすがにもう少し熟考すべきだっただろうか。

――一、二、三。考えた。やっぱり嫌だ。

心の中で再確認して、こちらを見つめるカイオスの瞳を正面から捉える。

「地味だからと散々に言って、私と婚約を破棄したことを、お忘れですか？」

「だからそれは、俺の本意ではなく……！　あいつが、お前のことをなんとも思っていないことを示せというからしかたなく……それでも、なるべくお前の名に傷がつかないよう、招待客はさほど影響力のない者や、あいつの友人とかだけに限定したんだ。だから、あの晩については噂になっていなかっただろう」

「そうだとしても……私と婚約を結び直す必要があるようには思えません」

そもそも、王兄殿下によると私とカイオスの婚約は王妃様の厚意によるもので、どちらかの家が望んだわけではない。婚約がなくなったときにお父様は怒っていたけど、それはエフランテ家が相手でなくても同じだっただろう。母憎しに私が巻き込まれていただけだ。

そう言うと、カイオスは愕然とした表情になってから、苦しそうに言った。

「それは、だな……俺は……お前のことが、ずっと前から、好きなんだ」

「すき？」

「あ、ああ。初めて会った時から……だから、お前ともう一度、婚約を結び直したい」

すき。すき。すき。すき。

その言葉の意味を呑みこむのに、少し時間がかかった。だって、そんな素振りをされたことなんて一度もない。

よくよく言葉を噛みしめてから、私はゆるく首を傾げる。

「あの、カイオス様。本日は謝りに来られたということで、よろしいでしょうか？」

「ああ、そうだ。それで――」

「つまり、無礼講ということで構いませんか？」

カイオスが困惑したような、言葉の意味がわからないというような顔をしながら、頷いた。

言質は取った。証人はメイドさんだ。

私は一度固く目を瞑《つむ》り、大きく息を吸いこんでから口を開く。

「今さら好きだとか言われても、知りませんよそんなの。誘っても乗ってこない、ダンスも一回、それで好きだって言われて、はいそうですかって頷けると、本気で思ってるんですか？」

婚約者になってから何年経ってると思ってるのか。その間一度も、カイオスに好かれていると思ったことはない。地味だからと婚約破棄されて、納得したぐらいだ。

「それは、お前から誘わせたことを不甲斐なく思って……俺から誘おうとしたこともある。だがお前を前にすると緊張して――」

「そんなの知るかって話なんですよ。大体、私の友人たちとも早く縁を切れと言うし」

「お前が、俺よりもあの友人たちを優先するからだろう！」

「……はぁ？」

思わず硬直すると、カイオスが耳を赤くして叫んだ。

「どう考えても、お前たちの距離感はおかしい！　抱きついたり、腕を組んだり……そんなことをする令嬢がほかにどこにいる！　いつもいつも、お前の隣にはあいつらがいて、いなかったらいなかったであからさまにガッカリして……それを見ていつもどんな気持ちでいたことか――」

そのときのことを思い出しているのか、わずかに涙目になっているカイオスの姿と、あまりにも子供っぽすぎる理由に、思わず顔を引きつらせる。

「……なんなんですか、あなたは私に未来予知か心を読む力でもあるとでも思ってるんですか？残念ながら私はただの一般人であって、変な能力の持ち主ではないです。好きなら好きってちゃんと言うか行動で示してもらわないと、わかりません」

好きだってこと以外もそうだ。本当に事情があるのなら、どうとでも伝えられたはず。

「アリス様のことだって、アリス、危ない、気をつけろの三語で済むんですから、さっさと言えばよかったじゃないですか」

「だから、それは……言おうとしていたが、人の目があってはアリスに俺が忠告したことが伝わってしまうかもと……それに、身の周りに気をつけろとは言ったはずだ。アリスを怒らせるな、とも」

そういえば、喫茶店で会ったときに「精々、身の周りに気をつけるんだな」と言われた。

婚約式でも「アリスを怒らせることは許さない」とか言っていたような。

「そんなの、わかるわけないいじゃない！」

あれで伝わると本気で思っていたのだろうか。思わず敬語なんて消えてそう叫んでしまう。

カイオスは一瞬だけ驚いた表情になって、また頭を下げた。

「すまない。ただ、他に方法が思いつかなくて……」

「手紙を送るなり、王妃様の伝手を使うなり。アリス様の干渉が入らない方法なんてどうとでも選べたでしょう……」

「手紙は、アリスの目に入るかもしれないと思うと、使えなかったんだ。彼女の味方がどこにいるかわからないから、下手な手は打てず……万が一にも知られて、お前が傷つけられたらと思うと……」

私が思っていた以上に、カイオスはアリス様を恐れていたようだ。ぎゅっと顰められた顔と揺れる薄水色の瞳に、小さくため息を落とす。

「ならせめて、婚約を破棄する前に忠告ぐらいは欲しかったです」

「……それは、本当に、申し訳なかったと思っている。伯母にも、相談しろと叱られた。もっと家族を信用しろって……お前のことも、信用するべきだったと、今は思っている」

この様子だと、王妃様にもそうとう絞られたようだ。項垂れるカイオスの姿に、本当に反省しているのだということを察して、ふう、と息を吐く。

「……婚約は破棄されたので、結び直すことはありません」

はっきり断言すると、カイオスの顔が歪んだ。

今にも泣き出しそうなその顔に痛む心は、婚約を破棄されたあの日に消え失せている。だけどカイオスは私を助けたいと思ってくれていた。私が傷ひとつ負わなかったのは、カイオスがいたおかげもあるのだろう。

だから、婚約を破棄されたことは許してもいいのかもしれない。

「……もう一度、初めましてからやり直してもいいかもしれませんね」

苦笑しながら言うと、カイオスは泣きそうな顔で、だけど嬉しそうに笑った。

「私の友人たちに誠心誠意謝罪して、許しをもらえたらの話ですけど」

ミシェルたちに対する扱いは許せないのでそう付け加えると、嬉しそうな顔が完全にこわばったので、初めましてはしばらく訪れないかもしれない。

◇◇◇

カイオスとの関係に一応の決着がついた数日後、私は王城に呼び出された。

城の応接室に案内され、扉を開けた先にいたのは王妃様と——見覚えのない男性だった。

濃い茶色の髪に緑の瞳を持ち、穏やかで優しそうな顔立ちをした男性は、私を見るとハッとしたように目を見開き、それからぎゅっと顔をしかめた。

「エミリア、よく来てくれましたね。彼はアンカーソン伯爵。あなたの伯父です」

王妃様の言葉に、改めてまじまじと男性を見る。つまりは、母の兄、ということだ。

たしかに、お母様に似ているような気がしなくもない。

「以前にも一度、あなたが生まれたばかりの頃に会ったことはありますが、さすがに覚えてはいませんよね」

同時に、お母様が暴漢たちに襲われたとき「アンカーソン」の名前で彼らが怯んだのを思い出す。

苦笑するアンカーソン伯の顔は優しそうで、とても盗賊狩りに熱を上げ、悪漢から恐れられている存在だとは信じられない。

なんと反応すればいいかわからず視線をさまよわせると、アンカーソン伯は眉を下げた。

「伯父として、あなたを気にかけるべきでした。妹の暴挙を止められず、正すこともできなかったがために、あなたには迷惑をかけました」

するりと下げられた頭に、あわあわと首を振る。

「いえ、顔を、上げてください。アンカーソン伯に謝られるようなことは何もありません。……えと、母はどうなりましたか。恐らくその話をしに来てくださったのですよね？」

そう言うと、アンカーソン伯は顔を上げてから、わずかに苦笑を浮かべた。

「マリエル――妹は修道院で自らの人生を見つめなおすと言っていました。清く正しい生活を送れるようにと頼んだので、犯した罪を贖《あがな》うまで、彼女はそこで暮らすことになるでしょう」

穏やかだけどはっきりとした声に、お母様と別れるときに感じた、お母様とはもう顔を合わせることはないだろうという予感が正しかったのだと感じる。

私はそうですか、と返してから王妃様の様子をうかがう。

彼女はただまっすぐにこちらを見ているだけで、微動だにしていない。王妃様は、お母様が選んだ道をどう思っているのだろう、と逸れそうになった思考を、アンカーソン伯が遮る。

「……お詫びというには少々無粋ですが、あなたが受け取る賠償金に、我がアンカーソン家からもいくらか上乗せさせていただきたいと思っています」

その言葉に目を瞬《またた》かせた。賠償金というと、カイオスが婚約を破棄してきた件に対するものだろうか。

「それは、私に、ですか?」

婚約は家同士のもので、賠償金は個人ではなく家に――この場合はアルベール家の当主であるお父様に支払われるのが普通だ。

「はい。婚約破棄からここに至るまでの――アリス・アシュフィールドとの一件も含めて、このたび迷惑を被《こうむ》ったのはあなた個人であると判断いたしました。そのためエフランテ家からの賠償金だけでなく、リコネイル国からの賠償金。そのすべてがアルベール家ではなくあなたに」

「……なら、お願いがあります」

婚約破棄やアリス様についてはともかく、私自身がお母様に迷惑を被《こうむ》ったわけではない。お母様に関しては、私以上に迷惑を受けた人がいる。その人を忘れて、私がアンカーソン家からお金を受け取るわけにはいかない。

「母が持ち出したお金の行方についてはもう聞いたと思いますが……母の返済を肩代わりしてくださっている方がいます。アンカーソン伯からの分はその方に渡してください」

お母様は残っているお金を返すと言ってくれたけど、生活費などである程度は使ってしまっているはずだ。我が家から持ち出した金額をすべて返しきるのに、どれぐらい時間がかかるかわからない。その間、セドリックは馬車馬のごとく働かされるだろうし、修道院に行ったお母様では稼ぐことすら難しいだろう。

そう思ってのお願いだったのだけど、アンカーソン伯は、ぱちくりと目を瞬《またた》かせていた。

どうやら、お母様がお父様の資産を持って駆け落ちしたことは知らなかったらしい。

お母様を修道院に連れていったのなら、話を聞いているか、返済の手伝いを請け負うかしているとばかり思っていたが、そうではなかったようだ。

「えーと……とりあえず、アンカーソン伯からのご厚意は嬉しく思いますが、それはすべてセドリックという……アルベール家のもとで働く男性に渡していただけると助かります」

「……わかりました。それについては私に一任していただいて構いませんか？」

「はい。お願いします」

この人のことはよく知らないし、信用できるかどうかもわからない。だけど、王妃様の前で支払うと言った手前、掠め取るような真似はしないだろうと思い、私は頭を下げた。

◇◇◇

ひそひそこそこそと、着飾った人たちが扇で口元を隠しながら噂話に興じている。

あれから一週間が経ち、王家主催の舞踏会に参加している私は、噂話の中心人物をちらりとうかがい見た。

どことなく気まずそうな顔をしながら、カイオスがトラヴィス殿下とラファエル殿下と歓談している。

自分が噂されていることは知っているけど、顔に出さないようにしているようだ。

「ええ、そうそう。私も聞いたばかりはまさかと驚いたものです。だってまさか、長年見向きもせずに、しかも婚約者を代えた方が……だなんて思いませんもの。それに新しい婚約者――あら、もう婚約者ではないのに、私ったら失礼いたしました。その方もひと悶着起こして国に帰られたそうですし、また新しい婚姻相手を探さないといけないのでしょう？　今度はまともな関係が築けるといいのですけど――」

長々と自分について話している声には、あからさまに顔をひきつらせていたけど。

それでも表立って注意しないのは、長々と話しているのが私の友達であるキャロルだからだろう。

興味深そうにキャロルの話を聞いていた夫人が少しだけカイオスのほうを見て、口を挟む様子がないとわかると、身を乗り出すように話に食らいついた。

「まあ、あの方が、ねぇ。見かけによらないものですわ」

キャロルの友人は多くないが、彼女に話しかける相手は多い。それは、彼女がいろいろな噂話を知っているからだろう。さらにキャロルが話す内容に事実無根なものはなく、必ず何かしらの事実が含まれている。だからこそ、噂話をたしなむ人はキャロルの言葉に耳を傾けてしまうのだ。

夫人の言葉に、キャロルはにっこりと笑ってさらに言葉を続けた。

「あの素振りで実は奥手だったなんて誰が想像できるでしょう……ああ、そういえば。夫人のところの息子さんもそうとうな奥手だと聞いておりますわ。たしか、町娘に恋をして家に贈り物をしたのでしょう？　差出人がなくて気味悪がった家人が憲兵に通報したと聞いたのですけど、その後はどうなりましたの？　愛が成就したのかどうか。私ったら気になって夜も眠れなくて」

「……それはその、またそのうちに」

夫人は、話しかけたのを後悔した面持ちで、ほほほと笑って、静かに身を引く。話しかけてくる人は多いのに、彼女の友人が少ないのは、キャロルの噂話は話している相手にも直撃するからだ。あまり知られたくない身内の恥を持つ人は、話の的が自分に移ったら即座に逃げる。

そうやって、貴婦人たちの噂話がカイオスから夫人の息子さんに移っていくのを聞きながら、隣に立つミシェルを見た。

数日前からミシェルの機嫌が悪い。

おそらく、アリス様の処分を聞いたからだろう。

アリス様はカイオスとの婚約を解消し、リコネイル国に帰った。正確に言えば、かの国に身柄を引き渡したとでも言うべきか。王族に連なる家系なので、我が国の独断で処罰することはできず、リコネイル国で裁かれることになったそうだ。

その結果、アリス様には生涯幽閉という処分が下った。

噂話のひとつでも聞こえてきたら、帝国を害したとみなす、という皇太子殿下の脅しがあるので、幽閉場所をこっそりと抜け出すのも難しいだろう。

だけどミシェルはその結果に納得しきれず「首を刎《は》ねてしまえばいいのに」と漏らしていた。さすがに実害が出ていないのにそれは難しい。サラが怪我を負ったという設定はあるけど、命を脅かされるほどのものではない。

そもそも、アリス様の罪は弱小貴族の娘を傷つけようとしたことと、遠い海の向こうにある国の姫を傷つけたことだけ。国家間の問題はあるが、生涯日の目を見られない生活を負うほどのものかと言えば、結構微妙なところだ。

だけど生涯幽閉という処分になったのは、帝国を重んじたからこそ。私だけではこうならなかっただろう。本当に、権力って怖い。

ちなみに私としては、二度とアリス様が私の前に現れないのならそれでいいかなと思っている。恨みを抱けるほど、私はアリス様のことを知らない。

だから、たとえリコネイル国で首を刎《は》ねられたと聞いても、そうなんだとしか思えなかっただろうけど、変に罪悪感を負ってしまう可能性もあるわけで、これはこれで良かったと思う。

「そういえば、ミシェル」

話しかけると、ミシェルがなあに？　とでも言うように首を傾げた。

「ミシェルは……カイオスのこと、知ってた？」

何を、とは言わない。

ただ、今までカイオスが私のことが好きだったなんて言葉が、どうしても信じられないのだ。

カイオスとミシェルの仲を考えたら、彼女に聞くのは間違っているのかもしれない。

だけど、カイオスの従兄であるトラヴィス殿下とミシェルは幼馴染なのだから、カイオスについてトラヴィス殿下から何かしら聞いていた可能性があるのでは。

そんな私の推測に、ミシェルは小さく微笑んだ。

「そうね。知っているか知らなかったかと言えば、少しは知っていたのかもしれないわね。だけど、昔のことよ」

トラヴィス殿下からそれとなく、カイオスが初心《うぶ》であるとかなんとか聞いたことがあるとミシェルは語った。

「でも、あなたから彼を誘うようにしても、反応が変わらなかったでしょう？　彼の見立て違いか、あるいはあなたに対する興味が失せたのかと思っていたわ」

初心だろうと照れ屋だろうと、好意があるのなら誘われたら乗るものだ。そう考えるのは間違っていないし、私もそう思う。

本人曰く、不甲斐なく思ってとか、自分からは緊張して、とか言っていたけど、知るかという話だ。

私が顔を顰めていると、ミシェルが気づかわしげに言った。

「……もしもあなたに、カイオス卿はあなたが好きなのかもしれないと言っていたら、何か変わっていたかしら」

「変わってないと思うよ。アリス様との婚約は政略的なものだったから、私との関係が良好でも解消になっていたんじゃないかな。……それに、好意があるかもって思ってても、カイオスの態度が変わらなければ同じことだよ」

私のことを好きらしい。そんな曖昧な情報だけで、終始つっけんどんなカイオスを快く受け入れられたとは思えない。だからといって、私から好きですとカイオスに言うこともできない。最低限の付き合いしかしてこない相手に好意を抱けるほど、私の心は強くなかった。

「だから、カイオスとのことは気にしないで。ただ、カイオスが本当は私のことをどう思ってたんだろうって、改めて気になっただけだから……それよりも、私は誰と結婚するかそろそろ考えないと……」

王家経由で支払われた賠償金は、想像以上に多かった。

こんなに貰えるのなら、一部をセドリックを解放するのに使おうかと思ったのだけど、結局お母様が持ち出したお金はアンカーソン家が全額支払うことになったそうだ。

ちなみに、セドリックは借金がなくなった後もライラ様の元で働くことに決めたらしい。非合法的な手段を用いることなく、人によいものを勧める仕事が楽しくてたまらないのだとか。幸福の基準値が低すぎていろいろと心配になるけど、さすがにこれ以上は私が口を出す問題ではない。

――なんにしても、リコネイル国からの見舞金と、アリス様が犯した罪に対する賠償金。そしてエフランテ家からの賠償金は、すべて私に支払われることになった。

その額は嫁入り道具一式に持参金を用意しても余るほどなので、弱小貴族なうえに評判が悪くても、私をもらってくれる人は見つかりそうだ。王妃様に頼めば誰かしら見繕ってくれるとは思うけど、王命による無理やりは遠慮したいし――

「そもそも私は恋がしたかったような――」

あまりにも事件が重なって、かき消されていた当初の目的を思い出す。するとミシェルが苦笑しつつ、私のほうを見た。

「どんな殿方がいいとかはあるのかしら」

「ううん……顔はいいに越したことはないけど、それよりも真面目で優しくてちゃんとエスコートしてくれる人がいいかな」

多少色恋沙汰に弱くても、大切にして尊重してくれて、気にかけてくれる人がいい。

燃えるような愛じゃなくても、穏やかな関係が築けて、隣にいると落ち着く人がいい。

それから家族仲が良好で、私が家族になっても平穏無事な家庭で――

そこまで考えて、ふとある人の顔が浮かび、頬が熱くなる。

「……エミリア？」

カイオスに婚約破棄されてミシェルのもとに転がり込んでからずっと、彼は私のことを気にかけてくれた。尊重もしてくれたし、一緒にいて変に緊張することもなかった。ただそばにいて、見守ってくれていた。ミシェルに堅物と呼ばれるような人だけど、私のことを慣れないながらも褒めてくれようとして、そのことを嬉しく思ったこともある。

「ミ、ミシェル。どうしよう……！」

相手も自分も灰にしつくすような感情ではない。だけど、彼のことを思い出すと、胸が温かくなって、少しだけ鼓動が早くなる。

「私、レオナルド様のことが好きなのかもしれない」

ミシェルの目が丸くなる。どうやらこれは、想定外だったようだ。

「ずいぶんと変わった趣味をしているのね。……ええ、でも、あなたがそれでいいと言うのなら、止めないわ」

「いや、いやいや！　止めるとか、私がとかじゃなくて、だって、レオナルド様は次期侯爵だから、しがない子爵家の私が好きになってもどうにもならない相手だってことが問題なのであって……」

さらりと受け入れようとしているミシェルに、どうして私がどうしようと言ったのかを説明する。

なんだか、自分で言っていて悲しくなってきた。同じく侯爵家の嫡男であるカイオスとの婚約は王妃様からの申し出だったからどうにかなったけど、普通、力も何もない弱小貴族が公爵家や侯爵家に嫁ぐことはない。

恋愛結婚が認められるようにはなったけど、それでも家格の合う相手を選ぶのが一般的だ。

だけど私の呻きを聞いて、ミシェルは平然と扇を開いた。

「それのどこが問題かわからないわ。私はあなたが私の家族になるのなら嬉しいし……養子でないのは残念だけど、まあそこは誤差として受け入れるとして、私の両親もあなたを気に入っているし喜ぶと思うわよ」

「……なんだか、そう言われてみたら、問題じゃないような気がしてきた、けど……」

「そもそもあなた、自分の価値を見誤っているのではなくて？　あなたの友人は皇太子の婚約者候補と、社交界で誰もが耳を傾けるお喋り娘と、この私なのよ。それに、あのお喋り娘があれだけエフランテ家の名を傷つけるようなことを言いまわっているのに咎められないのは、エフランテ家も王家もそれだけの借りをあなたに感じているからでしょう。友人に恵まれて、王家に対して貸しのある娘なんてそうはいないわよ」

王家に対する貸しはどうだかわからないけど、確かに友人には恵まれていると思う。

三人しかいないけど、それでもその三人は私のことをとても大切に思ってくれていて、私も彼女たちのことがとても大切だ。

「な、なら、レオナルド様が受け入れてくれたら……その、ログフェル家の皆さんにも婚約についてお聞きしようと思うのだけど……そのときは、一緒にいてくれる？」

「ええ、もちろん。兄様と父様を酔わせてでも婚姻同意書にサインさせるわ」

「それはやめて」

ミシェルが一緒にいてくれたら心強いかと思ったけど、人選を間違えたかもしれない。間髪容れず止める私に、ミシェルがくすりと微笑んだ。

「ほら、噂をすれば……」

そしてミシェルの目がちらりとほかのところを向く。そこには挨拶回りを済ませたレオナルド様がいた。

社交界にはやはり慣れないようで、その顔には疲れが浮かんでいる。だけど私たちのほうを見つけると、穏やかな笑みが刻まれた。

「すまない。待たせてしまったな」

「いえ、そんな、待ってないので大丈夫です」

今回もエスコート役をお願いしたので、彼がここにいるのは当然だ。それなのに、自分の気持ちを意識してしまうと、途端にとても恥ずかしくなる。

彼の顔が見られずに俯くと、レオナルド様は慌てたように、私の顔を覗きこんだ。

「どうかしたのか？　疲れたのなら、どこか休憩室でも用意してもらうが……」

そうやって自然に気遣ってくれるのも嬉しくて、何を言えばいいのかわからない。

だけど、何か言わないと。

この数日で学んだはずだ。お父様やお母様やカイオスから、とても大切なことを教えられた。

思っていることは、言わないと伝わらない。

「あ、あの！　レオナルド様が好きです！」

思いのほか大きくなった声に顔が一気に熱くなる。それでも顔を隠すことなくレオナルド様の様子をうかがうと、彼はきょとんとした顔で首を傾げていた。

「それは、つまり……？」

「ご両親の許しを得られたら婚約してほしい、ということです」

それでようやく伝わったのだろう。レオナルド様の頬に赤みが差す。

薔薇色の瞳が助けを求めるようにミシェルを見るが、彼女は素知らぬ顔でジュースに口を付けて「あら美味しい」と舌鼓を打っていた。

「それは、その、ええと……どうしてまた、そんなことに……」

助けを得られないと悟ったのか、レオナルド様が観念したように私を見下ろした。

薔薇色の瞳を見つめながら言うのは恥ずかしくて、私は俯きつつ、彼に思いを告げる。

「レオナルド様と一緒にいるのが心地良くて、これからも隣にいられたらと……もちろん、私でいいのなら、というお話ではありますが」

ミシェルの言っていたいざというときとは、きっとこういうときのはず。

できる限り潤むようにと自らの涙腺に訴えかけながら、レオナルド様を見上げる。

「それは、ありがたく思うが……だが、本当に俺でいいのか？　この年になっても浮いた話のひとつもない男だぞ」

「浮気者は嫌なので、浮いた話がないほうがいいです」

「社交界にあまり顔を出さないから、大して顔も利かないし」

「私も友人が三人しかいないので、おあいこですね」

言ってみたが、おあいこなのは駄目なような。さすがにどちらか片方は社交界に居場所がないと、貴族社会から締め出されるかもしれない。

「……むしろ、私のほうが友人をもっと作るべきでした」

そしてたいていの場合、社交は妻の役目なわけで。

私が頑張るべき事柄だった。今にして思えば、カイオスが常々友人がどうこうと口出ししてきていたのは、将来についても含まれていたのかもしれない。

一気に自分の価値がないように思えて、がっくりと肩を落とすとレオナルド様がさらに慌てた様子で、首を横に振った。

「い、いや、君はよくやっていると……ああ、いや、そうではなく。俺は、元々君のことは好ましく……ミシェルの友人だから、というのもあるが、遊びに来た時に楽しそうに過ごしているのを見ていて……」

そして、おろおろと視線をさまよわせたかと思えば、はっとしたように目を見開く。いつになく落ち着きのないレオナルド様の様子に、息をするのも忘れて見つめてしまう。

「いや、もちろん、よからぬ感情を抱いて見ていたわけじゃない。こうして話すようになり、君を知れば知るほど目が離せなくなって……だから、つまり……」

要領を得ない言葉と共にレオナルド様の顔がだんだんと赤く染まる。

それから、彼は勢いよく顔を上げて、私の手を握った。

「気の利いた台詞のひとつも言えないが、それでもいいのなら……俺も君に、隣にいてほしい」

レオナルド様の大きな手を握り返す。ミシェルのほうをちらりと見ると、彼女は空になったグラスを弄《もてあそ》びながら微笑んでいた。その表情は、珍しく柔らかい。

つまりこれは、そういうことなのだろう。なら、舞踏会が終わったらログフェル夫妻に許しを乞いに行って、お父様には手紙で知らせよう。

お父様は持参金を用意できないと言っていたけど、今回いただいた賠償金やらで補えるはずだ。

お母様は——どうしたものか。どこの修道院に行くのか、そういえば聞いていない。誰かに預けたら、手紙ぐらいは届けてくれるだろうか。それでも一応、書くだけ書いてみよう。

あとそれから、それから――考えることがいっぱいだけど、でもとりあえず、今は喜びを胸いっぱいに感じて、楽しむとしよう。

私はずっと壁際にいることをやめて、一歩前に出る。

「踊りませんか？」

足を踏まない自信はまだないけど、レオナルド様となら安心して踊れるような気がする。

「一曲と言わず、二曲三曲と、いっぱいいっぱい踊りたいです」

私がそう言うとレオナルド様が驚いたように目を丸くした後、穏やかに微笑んだ。その表情に、飛び上がりたくなるほど嬉しくなる。

だけどさすがに飛び上がるわけにはいかないので、私はレオナルド様の手を引いて、音楽に合わせてくるくると踊る。

視界の端でキャロルがキース様と微笑ましそうにこちらを見ているのが映る。それから満足そうに笑っているミシェルがいる。どこを見ているのかわからないサラの横では、ラファエル殿下が必死に話しかけている。

そして、項垂れるカイオスをトラヴィス殿下が宥めているのも見えた。

それから私は、自分の向かいに立っているレオナルド様を見上げて、これでもかと笑ってみせる。

私が嬉しく思っていることが、彼に伝わるように。

新＊感＊覚　ファンタジー！

レジーナブックス Regina

レジーナブックス Regina

読者賞受賞作！
転生幼女は超無敵！

転生したら捨てられたが、拾われて楽しく生きています。1～3

トロ猫《ねこ》

イラスト：みつなり都

目が覚めると赤ん坊に転生していた主人公・ミリー。何もできない赤ちゃんなのに、母親に疎まれてそのまま捨て子に……⁉　城下町で食堂兼宿屋『木陰の猫亭』を営むジョー・マリッサ夫妻に拾われて命拾いしたけど、待ち受ける異世界庶民生活は結構シビアで……。魔法の本を発見したミリーは特訓で身に着けた魔法チートと前世の知識で、異世界の生活を変えていく！

詳しくは公式サイトにてご確認ください。

https://www.regina-books.com/

携帯サイトはこちらから！

この作品に対する皆様のご意見・ご感想をお待ちしております。
おハガキ・お手紙は以下の宛先にお送りください。

【宛先】
〒150-6008 東京都渋谷区恵比寿4-20-3 恵比寿ｶﾞｰﾃﾞﾝﾌﾟﾚｲｽﾀﾜｰ 8F
（株）アルファポリス　書籍感想係

メールフォームでのご意見・ご感想は右のＱＲコードから、
あるいは以下のワードで検索をかけてください。

アルファポリス　書籍の感想　検索

ご感想はこちらから

本書は、「アルファポリス」（https://www.alphapolis.co.jp/）に掲載されていたものを、
改題、改稿、加筆のうえ、書籍化したものです。

地味《じみ》だからと婚約破棄《こんやくはき》されたので、
我慢《がまん》するのをやめました。

神崎 葵（かんざき あおい）

2023年 10月 5日初版発行

編集－古屋日菜子・森 順子
編集長－倉持真理
発行者－梶本雄介
発行所－株式会社アルファポリス
〒150-6008 東京都渋谷区恵比寿4-20-3 恵比寿ｶﾞｰﾃﾞﾝﾌﾟﾚｲｽﾀﾜｰ8F
TEL 03-6277-1601（営業） 03-6277-1602（編集）
URL https://www.alphapolis.co.jp/
発売元－株式会社星雲社（共同出版社・流通責任出版社）
〒112-0005 東京都文京区水道1-3-30
TEL 03-3868-3275
装丁・本文イラスト－泉美テイヌ
装丁デザイン－AFTERGLOW
（レーベルフォーマットデザイン―ansyyqdesign）
印刷－図書印刷株式会社

価格はカバーに表示されてあります。
落丁乱丁の場合はアルファポリスまでご連絡ください。
送料は小社負担でお取り替えします。

ISBN978-4-434-32684-4 C0093